U0614083

生态绿春丛书

第一辑

乡愁
拾零

朱客伊 著

中国海洋大学出版社

· 青岛 ·

图书在版编目（CIP）数据

乡愁拾零 / 朱客伊著 . —青岛：中国海洋大学出
版社，2024.5
（生态绿春丛书 . 第一辑）
ISBN 978-7-5670-3784-7

Ⅰ.①乡⋯ Ⅱ.①朱⋯ Ⅲ.①散文集－中国－当代
Ⅳ.①I267

中国国家版本馆CIP数据核字（2024）第035927号

XIANGCHOU SHILING
乡愁拾零

出版发行	中国海洋大学出版社
社　　址	青岛市香港东路23号　　　邮政编码　266071
网　　址	http://pub.ouc.edu.cn
出 版 人	刘文菁
责任编辑	张 华　　　　　　　电　　话　0532-85902342
电子信箱	zhanghua@ouc-press.com
印　　制	青岛国彩印刷股份有限公司
版　　次	2024 年 5 月第 1 版
印　　次	2024 年 5 月第 1 次印刷
成品尺寸	160 mm × 220 mm
印　　张	6.5
字　　数	72千
印　　数	1～1000
定　　价	58.00 元
订购电话	0532-82032573（传真）

发现印装质量问题，请致电0532-58700166，由印刷厂负责调换。

目录

怀念老棠梨树

　　过去，老家寨门边有一棵高大的老棠梨树，树冠像撑开的巨伞，每年春天都开些洁白的小花，一到秋后却迎来了许多小鸟，专吃树上熟透的果实。

　　我老家就住在寨脚，那老棠梨树的上方。我回老家时经常见到那老棠梨树的残身断骸，但每年都发几枝新芽在风中摇曳，如今有几枝已长成手腕般粗了。老棠梨树的根部却成了空的，并且有烧过的痕迹，那新枝是从树表皮上发出来的，每年春天来的时候，总会开出洁白如雪的小花来。在老棠梨树树桩的根部中空处，村里的老"咪谷"（寨子里主持祭祀的人）们后来补栽了一棵榕树，大概也是让其接替老棠梨树守护寨门的意思吧，现在也长到五六米高了。因为，哈尼族村庄自古不能没有老树、竹林围着，在古歌里那样唱着："寨脚边的老树是村里老人安寨立家的伴……不能没有，更不能断后。"

　　老棠梨树的死去，让山寨确像被剥去了一层皮，没有了遮阴避雨和挡风的保护，给人一种难言的不安——不管寨子里人们盖起了多少钢筋水泥房，但总容易引来许多莫名的伤感。

　　老棠梨树再也回不到我们的身边了，它的模样和一些往事还在

我的记忆里。印象中，老棠梨树二十多米高，伞形撑开的树冠能盖住一大块地域，寨门在其树荫之下，全村人从它身边出出进进。那时，寨子周围都是古树竹林，鸟语花香、树影婆娑，好一派自然和谐的景象。

老棠梨树开花的时候方圆几里的人都能看得见，雪白的小花密密麻麻地开满了一树，人在树下感觉像在花的天堂里，那嗡嗡的小蜜蜂或小鸟满树飞舞，风吹过时还会飘落纷飞的小白花。村里的老人把这老棠梨树当节令树，以它发芽、开花时间的早晚以及艳丽与否，来判断来年是否会风调雨顺。大人们茶余饭后聚在火塘边或寨子里的某处，谈论着今年的收成或什么时候该播种等。

棠梨成熟的时候也是最热闹的时候，树上是鸟儿们的天堂，树下是孩童们的乐园。鸟儿中数量最多的是叫黑头冠的鸟，这些鸟在树上叽叽喳喳，边叫边啄食着果子。它们在树枝间跳上跳下、飞来飞去，或站立、倒挂、伸脖、展翅，忙碌着取食、啄食，像在表演杂技给我们看，变化着不同的姿态，兴高采烈，全不在意树下人们的喧哗。树下呢，成了我们这些猴儿孩子的争夺场，大伙打闹着，抢夺鸟儿们抖落下来的棠梨果，有时为了抢一颗棠梨弄得全身是泥，而我们全不在乎这些，能抢到才是最高兴的。

其实，棠梨又小又涩，现在想来没有什么可吃的，只是小孩儿嘴馋，又没有什么可吃的水果，更不像现在可到街上去买。那是真的嘴馋了，有时甚至爬到树上，把还没有熟透的棠梨也摘来，用米糠捂熟之后拿来吃。还有，不知什么时候，蜜蜂在老棠梨树主干离地面一米多高的洞里做了一个窝。我和几个伙伴刚从旁边路过，见树洞口有几只大黄蜂飞舞着与蜜蜂打斗，几只小蜜蜂被咬死了掉下来。我们知道蜜蜂是人类的朋友，不忍心看到这样的情形，就操起路边的长棒子，上去就打大黄蜂，不料大黄蜂反向我们扑来，大家开始逃窜。突然，我的下巴被一只大黄蜂咬了，要命的疼痛下，我双手噼里啪啦地拍打，想把大黄蜂打掉。几秒钟后我的下巴肿了，几天下来连口水都难咽下，至今还留有很深的疤痕。

村里的人讲，那老棠梨树的树心，是被我那发了疯的表哥放火烧的，若不是大家发现得早，及时扑灭，那还了得！我不知道老棠梨树的死是不是因为树心被火烧了的缘故，还是说因为它老了，被大风拦腰刮断；也可能因为根部长年被水冲刷和人为的损坏，营养不良而枯死，或者是别的什么原因。我只是想，如果老棠梨树还健在，是否还会飞来小鸟？那开满洁白如雪的小花的老棠梨树，倘若我的女儿能看到它的模样，那该多好啊！

深秋的田野

深秋的风，夹杂着一丝丝的稻香扑面而来，使人心旷神怡，那通透的清新让人爽朗，微感些凉意。

田野上稻香遍野，这是南方特有的清风啊！金黄的稻田刚收割不久，稻茬在微风中盈盈地抖动着，似乎在享受一种秋实累累后如释重负的轻松。

秋收后的田野有一种释重感。那是秧姑娘驮着沉甸甸的秋实回娘家了，是慰藉勤劳的人们的时候。秋后那一望无际的田垄，充满了秋收的喜悦。

秋后的田垄是闲适的，不紧不慢，一幅和谐温馨的田园农庄画面。秋收后的田野，仍以黄色为色调，放眼望去，几处放火焚烧稻草的火烟弯曲地升空，还有三三两两的人和狗以及散落四处吃草的牛。戴斗笠、披蓑衣的老倌，嘴里叼着草烟斗，坐在田边悠闲地放牧，身边伏卧着一只老黑狗，乖巧地与他寸步不离。而在前面的田垾上有几头水牛埋头吃草，还有几头卧在田里静静地反刍着，似乎在安详地思量什么。有新鲜的稻草，牛长得很壮实，圆润润的身上湿湿地糊着田泥，阳光下反射出光来。那边的田棚里有一个男子顺着田垾往这边走来，后面跟着一黑一白两只狗，追逐着嬉戏。男子走到田埂上的一堆稻草旁蹲下，从衣兜里掏出火机点燃稻草，然后顺田埂继续走，一头小水牛见人便就跑开了。男子到一头带仔的母牛跟前，又蹲下去看什么，刚出生不久的牛犊，步履蹒跚。远处还有几头黄牛也拢在一处，在阳光下静静地站着反刍。那两只狗仍在田埂上跑来跑去。这一切，似乎是无声无息，唯有身旁的小河，像轻音乐般沙沙地伴奏，不远处有"啪——啪——"的响亮的打埂子声。听这声音，似乎这秋后的田野更祥和、更宁静、更美了一些呢！男子全身溅满了泥水，弯着腰，每一锄下去"嚓"的一声，十分有力，在一锄一拉的节奏中，旧埂变了新埂，就这样慢慢梳妆成云雾缭绕的哈尼梯田。他的旁边还有四五个八九岁的小孩在撮鱼：有的在田里，边支鱼筛边在稻茬下扒鱼；有的拿着鱼筒跟着。他们不时把小脑袋凑到一起，叽叽喳喳地嚷个不停。

秋后的清闲中还有一些繁忙，一丘丘的梯田在男人的手中被梳理出模样。深秋的田野，好一幅金色的田园图。夕阳西下，光影零碎斑驳地从不同的地方映入人们的眼，田埂上行走的人和牛变成了黑影，一幅幅牧归图正在演绎。

杜鹃谷的由来

阿倮欧滨公园里有个杜鹃谷，也称相思谷。相传，貌美如仙的哈尼族姑娘都玛简收与她青梅竹马的小伙伴普兰一起玩泥巴、过家家、放鸭、放牛、砍柴、打猎。长大后，他们相爱了。可是，她的美以及聪明能干名声远扬，引来了方圆百里一群群爱慕她的小伙儿，招来了各部族浩浩荡荡的相亲队伍。他们比财富、比势力，一个个争着想打动都玛简收姑娘的芳心。不过，聪明美丽的都玛简收姑娘，不图权势富贵，不管父母怎么劝，对爱情坚贞不渝，始终与深爱的普兰哥在一起。波里缩帕头人仗着权势明争暗抢，把都玛简收姑娘抢回了府中，关在金银打造的人间天堂般的房子里，并派七十七个姑娘侍候着，一天要给都玛简收换七十七套衣服、上几十道菜，将人间最好的东西都设法找来给她享用。可是，都玛简收姑娘不需要这些，她朝思暮想地要跟普兰哥在一起。

波里缩帕头人如此这般讨好都未能让都玛简收姑娘改变心意，很是苦恼。此时，波里缩帕头人的摩批（贝玛）给他出了个坏主意，说："杀掉她的心上人普兰，她自然会守在你身边了……"

于是，波里缩帕头人立即派出许多杀手，但都没有得逞。最后搬来了援兵大黄蜂，把普兰抬到黄蜂洞给杀害了。

都玛简收姑娘从波里缩帕头人家里逃了出来，背了七天七夜的柴火，放火将黄蜂洞灭了，替普兰报了仇。然而，普兰的死去让她很绝望，她恨这个世道。她只好孑然一身去游历四方，所到之处向人们传授节时季令以及农耕生产生活知识，并留下了许多脍炙人口的农谚。

当她辗转回到东仰阿保欧滨，喝路边的清泉水时，她插在地里的拐杖一时间生根发芽了。她左拔右拔，怎么也拔不出来，情急之下发了个毒咒：既然要长，那就让树梢长到九霄云外，不隔三天，树根穿破波里缩帕头人的家门。于是，一条条巨大的树根如蟒蛇般从地里穿到了波里缩帕的家，把门掀翻了；那树梢也长到九霄云外，把日月遮蔽，一根拐杖长成一棵参天大树，人间从此变成分不清昼夜的世界。美丽的都玛简收姑娘顺着那参天大树飞升而去。

普兰死后，他的灵魂仍思念心爱的姑娘都玛简收，于是变成了一只鸟，到人间寻找。但他不知道，都玛简收姑娘早已飞到了天上。他变成的鸟年复一年，从这山飞到那山，从山头又飞到山脚，一坡又一坡，在空谷里，在山腰上，不吃不喝、不分昼夜地叫着"明确啦（哈尼语，来找媳妇的意思）——明确啦——"，累了就在树枝上打个盹儿，渴了就喝一点露水。这凄怆的哀鸣声，不知打动了多少路人的心，令无数善良的人为之伤感。当都玛简收在天上听到那日夜凄鸣的鸟声时，也感动了，她俯瞰着人间，日夜抹泪。而她被天神管着，已经不能再回人间与普兰相会了。他们一个在天上日夜思念；一个在地上日夜寻找。他们的悲情后来也感动了天神莫咪和地神奥玛。

一天，正当普兰在山谷里凄凉地呼唤时，山谷里一时间开起了一

种纯洁雪白的花。这是天神莫咪与地神奥玛把都玛简收变成了花，让她到人间与普兰相会。不过，普兰不知道这花是自己朝思暮想的都玛简收姑娘，他变成的鸟儿在树枝上与那些雪白的花朵咫尺相依，仍年复一年地从春到冬，从山谷到山腰，昼夜不停地寻找着、鸣叫着。而都玛简收姑娘，明明看见心爱的普兰哥近在咫尺，却不能与他说话，只能伤心地看着、听着，听鸟儿一声声悲鸣。

人们看到那满山纯白的花由白色慢慢地变成各种颜色，有的由白转红，有的红白相间，在花瓣或者花蕊上带一丝血红，并且一年四季从不凋谢，觉得有些奇怪。

后来，哈尼族人根据叫声把那昼夜不停悲鸣的鸟称为"背苦啦"；而那满山开着的鲜花就叫"咚卟阿艳"（哈尼语，满山开白花的意思）。于是，那开满鲜花的山也就叫"咚卟轰贡"，就是杜鹃山；那山谷叫"咚卟倮果"，就是杜鹃谷。

美丽的都玛简收姑娘化身为杜鹃花，她的思念和泪水染出不同颜色的花朵，象征爱情和友谊。而那忠贞不渝的普兰小伙化身为悲鸣的"背苦啦"鸟，执着追求爱人，诉说自己的相思。

爱情是一个永恒的主题，但代表着自然万物的天神莫咪和地神奥玛认为，凡事都不能这样无限期地持续不变，总该轮序有度才行，开花结果、瓜熟蒂落，一切都应有季节和节制，于是自然就有了春暖花开、万物复苏的时节。从此，每年农历四五月，人们都能看到山上盛开着杜鹃花，听到杜鹃鸟的鸣叫。也在此时，都玛简收与普兰相会，报季令，让人们知道春天的到来，开始忙碌着备耕、播种。

民间说，杜鹃鸟从不搭窝，它是季令鸟。我想，这是因为它在天地间往来的路途远，又要报季令，留在人间的时日不多的缘故吧！所以，它才把蛋偷偷下在别的鸟的窝里，让其宿主鸟来给它孵化和抚养后代。

古诗云："庄生晓梦迷蝴蝶，望帝春心托杜鹃。"是的，每当人们听到杜鹃鸟的鸣叫或者看到满山盛开的杜鹃花，在这万物复苏、充满生机的世界里，都会有一种悠然的绵绵的情丝，都会产生许多联想。它们是春的使者，自然的精灵。杜鹃鸟的叫声听起来有些凄怆，但能激发人们的情感，感受爱情的坚贞不渝；而美丽的杜鹃花，又象征着爱的纯洁与美好。

于是杜鹃那洁白美丽的花，也成为哈尼族男女青年的信物。当哈尼族小伙子爱上一个姑娘，就会从山上摘来杜鹃花，夜里偷偷送给她，以表示对她的爱慕。姑娘收到小伙子送来的杜鹃花，那是最幸福的时刻，她把花插在自己闺房中的花瓶里，人们一看就知道她名花有主了。

黄连山清池

二十世纪九十年代末，政府因灌溉黄连山脚下万亩梯田和村庄人畜饮水之需，在黄连山腹地核心区东侧群山中建了一座小水库。虽名曰水库，但俨然一个天然的龙潭。于是乎，我美其名曰：清池！

山有水才有灵气，清池就是黄连山的灵魂。

清池长千米、宽百米，远看形似巨大的澡盆。清池的春天繁花锦簇，不同的花竞相怒放，蜂鸟争春；秋天则华叶纷飞，层林尽染。不同的季节有不同的景色，有时，它也会云雾缭绕，如仙境一般，让人们流连。倘若在东侧的山腰上俯瞰，形如巨大澡盆的清池，蓝天白云下蓝莹莹的水，轻柔地泛着涟漪。若是站在岸边，山脚如伸进池中的腿，岛屿似的，上面长满了各种各样的树，郁郁葱葱，倒映在池中，与蓝天、白云、山色、树影、清波一起绘成一幅美丽的山水画。

清池里的水总是很清澈，一眼就能感觉到那种畅饮时的痛快与清凉。清池的水透明，在不同季节、不同的角度，所呈现的颜色不同，有其不同的美。都说清池的水质很好，里面的鱼味道鲜美极了。

我惊叹于清池，这山、这水，交相辉映，有种空灵的美。

一年后，我陪朋友到黄连山又一次来看清池了。我们从绿春县城出发，驱车向西而去。那是夏季，草木发青、云淡天高，车子行驶在柏油路上。当快到黄连山时，窗外映入满目的原始森林，一股清新的空气沁人心脾，大家惊讶着叫："森林！森林！"之后，却默然了起来。似乎大家都沉浸于大自然美景中，脸也一直对着窗外，守望着那路边闪过的树影，听林里传来鸟的喧哗，让扩张的鼻翼把新鲜的空气深深吸入胸腔，灌满全身。

眼前满是鲜活的森林景象，突然间我们仿佛到了另一个世界，全身获得一股新的力量，轻松快意。不知不觉中，我们已来到了黄连山国家级自然保护区的丫口保护站。

我们从车上下来，对着这满目青山，心里有种说不出的高兴。然而，当一眼窥见树影后山脚下的清池时，我仍不由得惊叹。

这是六月晴朗的天气，已是中午十二点，大家下车准备吃饭，丰盛的午餐中，有用山中放养的鸡做的菜以及农家的腊肉、农家的酒和山上就地采来的新鲜野菜。对着一桌生态特色宴，饥肠辘辘的我们食欲大增。饭桌是摆在树荫下的，蓝蓝的天空下，阳光朗朗地照着，身边是一片凉爽的清风，拂着大家的脸，伴着酒香。

酒过三巡，大家脸色通红了。哈尼族谚语里说，"麂子是狗撵出来的，话是酒撵出来的"，大家你一言我一语地相互打趣，唱歌、说话甚至即兴赋诗吟咏，一直闹腾到下午三点多。

趁着酒兴，我们沿山而上。这是一条幽静的路，两旁全是灌木林，树冠几乎把路遮盖住了，形成一道林荫小路。阳光从树叶间透进来，斑驳地投在路面上，不时吹来一阵清风，拂面吹走了我们的醉意。林里不时传来鸟儿们呼朋引伴、清脆悦耳的声音。无论怎样，走

这样的路总会有曲径通幽的雅致。

大家三三两两地继续走着，不觉到了半山腰。那里有一个观景台，放眼远眺，山下我之所谓的"清池"就在四面环山的谷底之中了。我第一次从这样的高处看到她的美，不禁很是惊讶墨绿的山间清凌凌的水，静静地闪烁着粼粼的波光，仿佛在花园里，由东向西流入一个澡池，正等待仙女入浴。满眼的山秀水美，空灵的山色让大家被眼前的景致所吸引、所震撼。

大家急忙拿出相机不断地拍照、留影。而我呢，拍了几张照之后，便静静地注视着眼前的一切。我觉得夕阳下的清池，有一种成熟、宁静的美。我来这里时，每次的景色、每次的感受都不同，让我一次次感悟生命，知道大自然的伟大，以及森林与水对生命意味着什么。

我惊叹于黄连山清池，它是黄连山的魂，是美之所在！

采风札记

　　这个时代，我们的日子好了，不必为一日三餐不停地劳碌。法定节假日也很多，可做许多工作之外的事，感受生活的乐趣，领略祖国的大好山河。

　　2006年哈尼族"十月年"假期，我组织县文联的几个朋友到乡下采风，不由感受到我们生活在这个时代中很温馨、幸福，感受到祖国的不断强大。

　　11月19日，我们租了一辆面包车，目的是一路采风到二甫看日出。我们在街心花园会合，一行六人带着节日的轻松愉快向牛孔方向出发了。

　　到了大风丫口时，我看路边有几处好风景，想拍摄几张，当我翻出数码相机时发现自己没有带上电池，就跟其他人商量，最后决定委托大水沟方向来的"面的"带下来，留在大水沟过一夜。

　　走进大水沟，与过去不同，映入眼帘的是平地而起的一排排整洁、崭新的楼房。那是大沟乡的新区，除了新的城市街道、集市贸易场和客运站以及高高的教学楼、政府机关楼外，大部分楼房属私人住宅楼，鳞次栉比，呈现出一派欣欣向荣的景象。

11月20日,我早早醒了,觉得头有些不舒服。本很想赖床,但想到要拍摄日出时的大水沟梯田,就起了床。天气有些阴冷,空中飘着蒙蒙的细雨。大家吃早点,准备前往乡政府所在地坝溜。

一路奔去,经过大黑山乡政府,来到李仙江畔时天空一片晴朗。沿岸几万亩的橡胶地是绿春党政干部和群众几十年来艰苦创业奋斗出的绿色"银行",使大黑山、坝溜的胶农都富起来了。

走在这一带的公路上,你会看到许多骑着摩托奔驰而过的人,他们似乎在忙碌着上工、赶集或访亲友……看到这繁忙而祥和的景象,让人不由畅想一天天走向小康的生活。我们一路沿李仙江而行,江边是碧绿的原始森林和悬崖峭壁,古树、古藤、竹林、滔滔奔流的江水……亚热带的自然风光时时映入眼帘。我们一路走走停停,不停地用数码相机记录下这美好的景致。沿江而下,突然,我们的眼前出现了几座高高的竖井塔,而两岸的山体从高处厚厚削落了一层,并用水泥浆做了防滑体,形成两堵巨大的壁垒,远远看去,有许多装载机、挖掘机、运输车和戴安全帽的工人,我们才意识到已经来到了戈兰滩水电站的建设施工地。它把整个李仙江拦腰截断,江面上高耸着泄洪洞的闸门架,如巨龙之口,将所有的江水滔滔吸入其中,一饮而尽。我站在大坝边坡上俯瞰,心中感慨:大坝锁住了李仙江这条野性的"巨龙"!

我们来到坝溜半坡乡政府已经是下午一点多钟了,午饭后,乡组织干事陪我们一起到文联的扶贫挂钩点东沙村调研。之后,我们坐车返回坝溜过夜。

11月21日。昨夜枕着李仙江的涛声入眠。李仙江如一位慈祥的母亲，唱着摇篮曲催我们入眠。一早起来，我提议大家到江边走走看看再到二甫去。顺江边漫无目的地走了一段，不觉间来到了坝溜渡口。这是古时多娘（今绿春）与江城一带磨盐子（出产盐的地名）和赶马驮盐过江的通道。坝溜渡口，是古人心酸与泪水的代名词，多少驮盐的赶马哥和背盐的男人，从这里一去不返。他们就是从这里渡到对岸去，渡着渡着，上一秒人和马还在，下一秒就不见了。然而，为了那一点点生活的滋味，他们依然一路踏着艰险而去，到磨盐子把生活背回来。能从磨盐子回来的，人们认为是了不起的汉子（英雄）；过了磨盐子就是一生的荣耀。哈尼族的老人把李仙江和坝溜渡口常挂在嘴边，在古歌里唱着它们的名字以及许多心酸的往事。如今，昔日在渡口牵马横渡江水的汉子不见了，只有小小的竹排和电船往来如梭地忙碌着。那些赶马的铃声与抢渡的喧哗，也早已被两岸的汽笛声和广播音乐所取代。

现在，让我们也来横渡一回李仙江吧，体会一下渡江的滋味。我们上了一艘傣家人的电动小船，渡我们过江的是江城县坝溜傣族村守渡为生的一个中年汉子。电动船如箭一般离了岸，霎时来到对岸，只见江边静静地躺着几只傣家小木船，宛如河神女的小脚鞋，摆放那里，懒猫似的舔着晨光等待着主人。旁边有几个傣族小孩在闲游，像在寻找什么。我们的到来打破了他们的宁静，江边的几只狗朝我们"喊话"，不知是欢迎还是警戒。最先是门口跑出来几个小孩观望，随后大人也出来了，还有抱孩子的妇女。

我们走进傣家小寨，好奇地东张西望，希望能发现什么新鲜事。他们没有言语，只是张望。这小寨属于江城县，有二三十户人家，我们匆匆走了一会儿，又坐上船返回了。

上了岸，我们驱车赶往二甫，想看第二天二甫的云海日出。

下午到达二甫村。二甫村坐落在高山之巅，眼前是一片空谷，这里是边境，李仙江与小黑江汇流处"一眼望三国，一脚踏二江"。这里有驻守边境的连队，还有国家级黄连山自然保护区保护站、二甫村委会、二甫供销社、二甫小学。我们到了二甫，直接找到二甫小学普校长，他是我大兴的老乡。知道我们的来意后，普校长对我们说："今年的云海还没出现呢，明天有没有，就看你们的造化了。"晚上，我准备好摄影器材，等待明天的到来。

半夜里我没有睡熟，偷偷起来了几回，不时地看一下窗外，生怕错过了看云海日出的好时机。下半夜，当我听到公鸡叫声，迷迷糊糊中再一次醒来，问旁边的靳老师："几点了？"他看了看手上的夜光表，说："六点！"我急忙爬了起来，穿上衣服，往门外走去，看看是否有云海。此时，周围农户家里的公鸡陆陆续续叫了许多。我来到房外，往东边望去，眼前是一片白茫茫的云海，黎明下，所有的山间空谷，仿佛一夜灌满了雪白的牛奶，皑皑的，静静的，如一马平川的辽阔的海面，只露些墨色的山头，似乎什么也看得清楚。一时间我惊呼了起来，心头涌出一种说不出的喜悦。

我兴奋地跑回宿舍把大家叫醒："快，快！云海出来了！"我顾不上洗脸，边招呼大家边提摄影包，夺门而去。大家都为看云海和拍云海而来，不敢错过时机，急忙起床跟出来了，寻找最佳的拍摄角度，准备着拍摄即将日出的那一刻。我来到学校门前的草场上，也不断寻找适合的拍摄点，生怕拍不到好的镜头。

而雄鸡们躲在角落，一唱一和地打着鸣，催促旭日的到来。我在兴奋中有一种庄严感和神圣感，以至于屏息静气，不敢发声，似乎在这等待的不是太阳，而是一个新生命。渐渐地，东边显现鱼白，随即一轮红日，冉冉升起。我即刻把镜头对准了，"嚓、嚓、嚓"连续按下快门，记录下天地交辉的那一刻精彩。

天越来越亮了，东边的地平线如徐徐拉开的戏幕，将天地打开，一束金光从山顶投射下来。云海渐渐缥缈，其间孤岛似的山顶忽隐忽现，变幻莫测，令人神驰。

不觉间，太阳也升高了，暖柔柔的，而我们的眼前却是以火红的太阳、金色的曙光、多彩的云霞、墨绿的山峰为主体的画卷——苍穹之下，一片灿烂的阳光，云海苍茫，云雾渐渐升腾，山峰环绕，烟波浩渺，好似蓬莱仙岛。此时我们唯一能做的，就是不停地按快门，不停地寻找角度，一口气拍了许多，留下这二甫云海日出的壮美辉煌。

这真是大美的二甫云海！江山多娇，分外妖娆，这多姿多彩的瞬间我永生铭记。

艾玛波倮果

这是我出生的老家规洞新寨村（规洞东普石）山里一处极普通的箐沟，离村子稍远些，但村上的人们祖祖辈辈时常到那里进山采集、狩猎等，日子久了，一代代结下了深厚的感情。而这里叫艾玛波倮果，是因为自古以来这里生长着许多大樱桃树。在哈尼语里，"艾玛波"指大樱桃树，而"倮果"就是箐沟的意思。换言之，就是生长大樱桃树的箐沟。

小时候我常和小伙伴一起到艾玛波倮果找鸟窝和采野菜、野果，或跟大人放牛，看见过大樱桃，也摘过和尝过。大樱桃喜冷寒，生长在深山密林里，开深粉红色的花，比起小樱桃，果实略大，且微甜可口。

而今，我离开老家也有四十多年了，活了半辈子，每次回老家听到艾玛波倮果，在脑海里自然浮现出满山满沟盛开着深粉红色樱花的景象。围着那繁花似锦的大樱桃树，小鸟们忙碌着、热闹着，这是我小时候年年见到的景象。那时特别喜欢跟大人或小伙伴往山里跑，拿着"阿能"（哈尼语，一种植物果做成的黏膏，搭在树丫上专门用来捕鸟）捉捕樱花树上来采花蜜的小鸟。

那里的泉水，常年从山肚子里冒出来，清澈地流淌着，一直流到山脚下。那清凉甘甜的水，让人们每到这里劳作都要喝上一口才愿意回家。

村里的人们都说，这里的水比其他地方的都甜，甜甜的清清凉凉的质感，让人回味无穷。

相传每当村里上了年纪的人生了长时间的病，常要喝艾玛波倮果的山泉。家人是不敢怠慢的，必须老远把泉水接回来，恭敬地送上。神奇的是，喝上那山泉，一两天的时间，甚至一喝进去，生病的人就心满意足地安详地走了。

我十多岁就离开了规洞新寨村，离开了童年的乐土，到城里求学并工作。如今，我已五十多了，一种"乡愁"只能在记忆中，让我守望，让我入梦，甚至让我等待自己有一天如一片飘落的黄叶，随根而去。

我在2016年春节后的某一天，因陪外地的老同学居舟以及他来自天津的一个同学一起回绿春，才有机会再一次来到了艾玛波倮果。

据居舟同学讲，他的同学叫孙泉（我们叫他老孙），二十六年前自己到北京深造时与他住同一个宿舍，感情甚好；那时他向同学介绍绿春家乡上有森林、下有层层的梯田，梯田下是河流，有麂子、鸟窝、野果，河流里有很多的鱼……他们约定到哈尼山乡看看。

时光荏苒，二十多年一晃过去，到现在才有机会实现曾经的诺言。可如今，曾经的哈尼山乡也不是当年的模样了。诚然，老孙不知道曾经的哈尼山乡是什么模样，他到后高兴、好奇很正常。不过他来到哈尼山乡后说："哈尼山乡很美，哈尼的饮食味道很美，酒也很醇很香呢……你们生活在大自然中，生活很健康！"

他在绿春几天，吃得那么香，酒也喝得兴味盎然，看什么都感觉很新鲜，用手机不停地拍。

我们开车到了规洞新寨村，这里离县城三公里，只有几分钟的车程。到村里停下车，我们想继续往山里走。我招呼着村里的几个表弟，午饭后一行四人再加一个表弟做向导，从村子向山里出发了。

其实，进山也是我的夙愿。多年在外生活，很想看看孩童时摘野果、放牛的地方现在是什么样了。童年的回忆像个小精灵，从脑海中跳出来，一些小事如精美的小诗或难忘的歌谣，永远忘不掉。

这次陪同居舟同学回老家，也是走访童年的一个机会。

我们一路向深山挺进，东望望西瞧瞧。山里凉丝丝的新鲜空气令人舒畅，油嫩嫩的青枝叶绿，很是养眼。

一路上，遇见几个熟识的兄弟，见了我们又惊又喜，言语中透着浓浓的乡音乡情。老孙只顾拍照，不时落在后面，他对着风景拍，遇到人拍，看见小花小草拍……一路上他觉得新鲜好奇的，什么都不放过。

他对大伙说："乡村人很朴实，日出而作，日落而息，似乎与世无争，容易满足。"在我们看来平常不过的东西，在他的眼里、心里却不一样，他觉得很新奇并且很有感触。我说："乡村人有乡村人的世界，有他们的无奈，只是与城里的不同而已……"

我们走着走着，前面带路的张黑小弟突然说："这是艾玛波倮果，这儿的水非常好喝、非常凉！"

不过，艾玛波倮果已经没有了为之得名的大樱桃树，也没有了曾经的大片森林，一片片茶园改变了这里当初的模样。但那泉水仍在静静地流淌着，看了惹人爱、惹人渴，忍不住也想喝一口。居舟同学和老孙急忙上前喝了起来。

居舟同学说:"这水确实不一般,好喝,质感又清凉。"他用矿泉水瓶装了满满一瓶,说是要带回老家,但我似乎猜到了他的心思:除了好喝外,他也当"圣水"了,祖辈们喝过的水是吉祥的,带一瓶回去是自己故土之情的延续及对祖先的敬意。张黑说要采些山茅野菜给他们尝一下,一路不停地钻进路边的草丛里,采集各种山茅野菜。我们边走边聊,欣赏风景。不多久,张黑小弟采了野芭蕉花、酸桐格、鸡脚菜等,说野芭蕉花煮罐头肉是一道鲜美的佳肴,特别好吃。

下午四时,我们看时间差不多了就原路返回了。晚饭安排在我的表弟李兰然家。一进门,就见有许多来帮忙的亲戚,如过节一般。他们先给每人沏好一杯热腾腾的茶,然后开始摆桌。

一会儿工夫,他们摆上了满满三桌菜,全是山里采来的新鲜野菜以及散养的鸡鸭做的美味和腊肉。看到这些菜肴,老孙口水快掉下来了。

正要开席的时候,我的老表哥李批龙也来了,饭桌上他最年长,于是,他举杯向大家祝福了一番,大意是:东西南北相识的都是朋友和亲戚,祝福大家走到哪里都会平安、幸福美满!

是的,人就像一粒风中飘零的种子,希望的都是能平安落地,生根发芽;人生在世,无论何处,无论有没有离开故土,都像候鸟,暂时停驻,都会有故土情结。

情到深处,我的居舟老同学也唱起了古老的哈尼族酒歌,大家其乐融融地吃着、喝着、唱着,在歌声中难舍难分。

艾玛波倮果,我一生的"乡愁"!

耕田汉父亲

　　父亲在我十岁那年就去世了，留下我、小弟、两个妹子及母亲五个人。那时最小的妹子还在襁褓中吃奶，一家人突然就没了依靠。在那个年代，父亲是一家人的靠山。

　　记忆里，我对父亲已经只有模糊的印象。他一米六左右，肩宽厚些，裹着黑色的包头，穿着民族服装。他待儿女甚严，有时不顾白天的劳累，定要监督我在煤油灯下写作业，甚而扶我的手，教我练字。他曾在外面做过工，识得些字，倘见我老写不好，便会急得大发脾气，并责怪着拍打我的手。记得当时日子紧，青黄不接，一家人从地里拔些绿豆煮了吃，吃着吃着我的嘴里吃到一些土沙，正要准备吐了，"不要吐！慢慢吃进去……"父亲生气地说。"绿豆很有营养，怎么能吐！"还有一次，他生重病在家，仍闲不下来，想要拌些泥巴把家里漏风的墙堵上，要我帮他接水，可我不小心重重摔了一跤。"我的儿，怎么不小心了！"父亲不顾一切地跑过来扶我起来，颤抖着手，面色苍白。

　　父亲发起脾气来最让我害怕的一次是，他早上就安排我去水井里挑水，而我一早出去跟小伙伴玩，忘记了他的嘱咐。晚上一回家，父亲二话没说，顺手抓到个粗柴火就往我屁股上打。父亲是恨铁不成钢还是久病成怨、不能自已，我不得而知，但到了他弥留之际，还让我一定要坚持把书念下去。

不过，要说我印象最深的，那就是他每天一大早就汗流浃背地从几公里的县城卖柴回来，在我的跟前用一只长满厚老茧的手从自己的土布包里掏出一两颗水果糖塞给我。那时的一颗糖，对于一个孩子是多么难得！我是那般快乐着。至于其他关于父亲的点点滴滴，我是后来从母亲和村里的一些老人的讲解中才了解到的。

据母亲讲，父亲年轻时在县粮食局里做工，原本可被吸收为正式职工的，但后来他们结了婚，家里需要劳力，所以不久父亲辞了工作，并从阿迪村到规洞新寨村做了上门女婿。原因是，那时农村正实行单干，而我外公家以前是村里不错的大户人家，祖上留下的田地较多，可外公年轻时双眼失明了，他有五个儿女，最小的是男孩，才八九岁，家里没有个耕田的男人，急需父亲入赘。哈尼族人把田地当生存的根基、终生的事业，种不好田是家族的耻辱，更何况要以此来养家糊口。于是，外公让父亲辞职回农村种田，入赘了过来。虽说是入赘，但父母也建盖了自己的房子，安了自己的家，只是一大家子十多口人生活在一起，把百亩多的祖田全交于我父亲打理。田实在是太多了，父亲一个人一年四季没有休息的时候，他长年累月地守在田棚里，边放牛边打埂、铲埂、犁田、耙田，一季接一季、一拨又一拨地打理着。一边还在打埂子、翻田（犁稻茬），另一边的田却已长了一大片稻茬和杂草。从秋收的打埂子起到下一个秋收，父亲除了种田还是种田，年复一年地劳作着，把自己紧紧绑到了田上。

父亲就是这样的一个人，他仿佛为田而生，母亲说他是被活活累

死的，去世的时候也才三十多岁，而立之年，没有尝过人生的幸福。

父亲管田，以田为家，伴随他的是为劳作而生的耕牛。他住在田棚里，日出而作，日落而息，以单调的方式随季节精耕细作。

我隐约感觉到母亲的心酸和父亲的无奈。他们之间聚少离多以及短暂人生的缺憾与怨恨，我在母亲的泣诉中能体会得到。母亲说："他的心一直是焦急的，他不敢停下来闲着，就连吃饭都是自己从家里送，一拨还没有犁完又得开始耙了，一拨还没有耙完又得开始犁了，似乎是绕不完、赶不完的圈子，不觉就到了要栽秧苗的季节。他的手一直没有离开过锄头，蓑衣随时背在背上，实在挺不住了就席地而倒，缓缓又开始……饭送到他跟前，他犁一放手，一屁股就坐在了田埂上，有气无力，用粗糙的手将饭慢慢送到嘴边，艰难地嚼着、咽着，可是，饭却卡在喉咙里。他拽着脖子，眼角边蓄满了泪，怎么也咽不下，看着好可怜……"

父亲，听别人说，你常常望着田凝神。你早起晚归，赶着太阳、赶着季节赛跑，可你怎么也赶不上，你累了，牛也累了。

二月里春耕时风干物燥，草木早已枯黄，没有了耕牛进食的草，而你却无法停止脚步，望着前面有气无力拉犁的耕牛，你不由伤感，眼里浸着泪，对牛说："牛啊，要吃泥土却不能吃，想吃青草却没有了青草……"

父亲，眼前波光粼粼的梯田，是你耕了一生、累了一生、相守了一生打理出来的呢！你还没尝到人生的甜蜜就累倒在梯田上了。你英年早逝，田失去了相濡以沫的耕者，我们失去了可亲的父亲。

如今，一晃过了五十多年，曾经与父亲一样耕田的人们也苍老了，他们儿孙满堂地守候在火塘边，捏着胡子幸福地梳理着岁月的风霜。而我每次回老家与他们拉家常的时候，仍不免提及父亲，他们轻叹着对我说："你父亲苦命，一生种着田，真是可怜！除了你外公家的老田外，还为自己垦出了许多新田。他最疼牛了，像呵护人一样呵护着……"

这是一个沧桑的故事。父亲既然走了，就安心地去吧。如今我们也长大了，并且成家立业、生儿育女，过上了幸福的生活。您安息吧！

一个奇怪的梦

很是奇怪，昨晚做了个特别清晰的梦。梦中，我和许多人讨论着民族文化的问题，都在说哈尼族仅是歌类就有酒歌、山歌、情歌、四季歌、哭嫁歌、丧葬歌、儿歌、生产歌、娱乐歌等许多种，这些歌记录着哈尼族的文化，若不及时搜集整理出来，会随着民间老艺人的作古而流失灭绝……这大概是所谓日有所思、夜有所梦的缘故吧！正好这几天我在琢磨着关于全县民族民间文化抢救的问题。

时下，现代文化不断冲击传统文化，人们生产生活方式的改变以及对传统民族文化的认知不足和民间老艺人的不断作古，使得一些民族传统文化濒临灭绝。加紧搜集、整理民族民间文化已迫在眉睫，这也是继承和弘扬优秀传统民族文化的关键所在。

哈尼族自古没有文字，民族文化靠歌、故事和神话的口头形式一代代传承。"歌"有易记、易学、易普及且能自娱其乐的特点，哈尼族的歌门类繁多，按不同支系以及场合、内容、对象、形式来分，有许多不同的调子。如酒歌有历史性的迁徙叙事歌、伦理教育歌、建寨盖房歌、丧葬祭祀歌、节庆礼仪习俗歌；生产歌有四季调、上山拾柴歌、涧沟摘猪饲歌、下田拿鱼歌；婚嫁歌有姐妹哭的歌、兄弟哭的歌、父母哭的歌；儿歌有摇篮曲、阿迷车、巴拉拉洞斗过家家，这里不一一列出。可哈尼族自古以来流传下来的歌，现在没有多少人会唱了，能唱的也唱不那么完整，甚至有部分歌失传，大有知之者痛失、无知者无所谓的感觉。新中国成立后，虽说国家为哈尼族创建了文字，但会的也没有多少人。文化作为一个民族的灵魂和精神财富，如何继承和弘扬的问题令人深思。哈尼族文化也是中华文化的组成部分，但目前哈尼族传统文化用文字记录下来的不多，特别是民间老艺人们年龄增大且无传承人，许多传统文化都有失传的危险。长此以往，不亦悲乎?！

在梦里，也有人清晰地提到了哈尼族祖祖辈辈用来收谷子的那条木制谷船，这是哈尼族收谷子唯一的工具。

哈尼族的谷船是从大森林里伐木制作的。每年农历六月，过了"六月年"之后，需要改换谷船的哈尼族人家就挑选一个好日子，邀请村里能做谷船的木匠和几个青壮年男子，包上蒸熟的糯米和蛋，扛着斧子到深山里伐木做谷船。哈尼族人对季节（选择下旬，防蛀虫）、木材的选择也很讲究，只选耐泡水、木质轻的专门用来做谷船的特定的乔木，不能选断头或被雷击过的树。

谷船是丰收的象征，有许多讲究，不能乱了传统规矩。老人们常说，谷子是坐着洁净的谷船到家里来的，不能带任何邪气，能增血（滋养身体的血液）增力、增寿和养儿育女……这是哈尼族人的谷子。

我猛然想起，现在田间收稻子的同胞们，有许多都不用祖先用过

的木制谷船了，用的是铁皮做的谷船或脚踏打谷机。我曾问他们木制谷船、铁皮谷船和打谷机哪种好用，回答当然是木制谷船。它身轻、浮力大，容易在水田里拖拽；铁皮谷船沉，搬动也吃力；而打谷机虽省力，但山区坡田使用不方便。为什么不用木制谷船呢？现在已没有大树可砍了，即便有，为了环保也不能砍！

家乡的白杜鹃又开了

我家在边陲绿春县。提起"绿春"这个名字,我有一种对母亲般的亲切,会想起纯朴的乡野之美。

绿春没有都市的繁华与喧嚣,人们朴实、坦然地生活,悠然得很,在日出日落中,慢悠悠地生活,很难看见都市里那种繁忙的景象,甚至夕阳都是在漫步,要落不落、要归不归,一种和谐自得的安逸,恰似"采菊东篱下,悠然见南山"般诗情画意。

但绿春也跟着时代的节奏在发展,日新月异,经济的腾飞让其城乡面貌在不断改变。那长长的山梁上的绿春县城,随国家的日渐强大,似乎也被注入了一股强劲的能量,上面一幢幢崭新的高楼,如雨后春笋般鳞次栉比地冒出来,不断改变这里的模样。站在县城里,一抬眼就能看到四周的青山,在茂密的灌木丛中,在不同的季节,也能看到些各色各样知名的或不知名的山野的花,如四五月的杜鹃以及腊月的野樱花、深冬的山茶花,满山是一簇簇花的世界。绿树、鲜花、清新的空气……能生活在这样的地方,享受着自然赋予的一切,不枉此生。

四五月艳阳高照的季节,山间繁星点点,山城边开了雪白的花。

家乡的白杜鹃又开了！在这生命复苏、繁花盛开的季节里，人也兴奋了起来，像恋人的心，萌发着许多缤纷的思绪。我约了几个好友去爬山。

白杜鹃雪白而清雅，如少女的脸，泛着清香。

我喜欢家乡的白杜鹃，它有樱桃似的小花和百合似的大花两种，花瓣雪白鲜嫩，泛着一道淡淡的红晕，这就更美了，透着晶莹的青春的气息。站在其旁，美与爱一起涌上心头。

家乡的白杜鹃啊，你吸取了大地的营养，拥有天地的灵气，你的雪白和纯洁，我不知用什么来形容。我用什么来表达对你的爱呢？就让我用一生的情感，年年如期相约，长相守望；就让乡情的露珠滋润你的根叶，让那纯美的花朵开得更加灿烂吧！

哈尼梯田

　　哀牢山的沟壑很深很深，它是亘古的一道道伤疤。哀牢山的皱褶很挤，挤得一座座山高高的甚至是陡陡的，一座山就是一道爬也爬不完的坡，使得那羊肠般百转千回的公路，让现代文明都有些害怕，让都市的人望而却步。

　　可是，哀牢山的洼地处、高山处，却偏偏有让世人惊叹的哈尼梯田。

　　哈尼梯田美啊！

　　哈尼族人不能没有梯田。若说一丘丘梯田是秧苗的家，不如说它是生命分娩的澡盆，即便它粗糙、笨拙，但对生命大有深意。哈尼族人把大山的脊梁用时间和汗水开凿成阶梯，如一片片镜面，晾晒在高山峡谷里，等待生命的如期而至。

　　哈尼族人来到哀牢山广袤的大地，就像找到了理想的家园，只想着安家。他们与稻谷结缘，开山挖田、种田，只想把生命延续下去……哈尼族人的梯田就这样丰富起来、生动起来，有了灵性，成为栽种生命、养育生命、繁衍生命的家园。

　　打埂、犁田、耙田，泥和水，把哈尼族男人塑造成一个个彪悍的男子；撒秧、栽秧、薅秧、收谷，秧和田，把哈尼族女人滋养成一个个秀美的女子。梯田养育了一代代哈尼族人。

我是哈尼族人的儿子，所以一出生就知道世上有梯田。

哈尼族人创造了梯田，还是梯田创造了哈尼族人？

我知道，哈尼族人是大山的民族，与高山为伴，与梯田为伍。对于哈尼族人，梯田比生命更有高度。

哈尼族人生活在哀牢山和无量山的皱褶里，知道天有多高，人也要有多高；山有多高，田也要有多高；山有多陡，田也会有多陡……他们把哀牢山、无量山雕琢成一幅幅美丽的画卷。

他们喜欢用汗水打磨梯田，打磨成艺术品，陈列在云雾缥缈的地方，让神仙看，让日月游，也让世人惊叹！

站在哈尼梯田之上，你或许会是那个神仙；站在哈尼梯田之中，你就是梯田的主人。梯田有多美，人就会有多美……

哈尼梯田，人是梯田的精灵，梯田的灵魂，梯田的主人。

秋 收

秋收当然是喜事，有什么能比得上秋收的喜悦？又有谁能比得过庄稼人对金黄的期盼和热切呢！

说起秋来，南方与北方因地理气候以及所种庄稼的不同，秋收景象也不同。到秋季，南方主要是收稻谷，一座座的青山，一层层的金灿灿的稻田，农人们在田野里忙碌着，这秋收的景象让人不由泛起丰收的喜悦和慰藉。这时候，我想秋是清香的、踏实的、厚重的，温馨而富有成就感。

我的家在云南绿春。绿春，就像它的名字一样，上天的眷顾让它青山绿水、四季宜人，成了天然的"氧吧"。这里虽不像北方那样地势平坦——过红河进入元阳、红河、金平、绿春几县区域内，由北到南、从东到西，都是巍峨连绵的大山——但这里有茂密的原始森林、四季如春的气候，有良好的自然生态环境，素有"一山有四季，十里不同天"的美誉，丰富的水资源和良好的气候条件形成了"惊天地、泣鬼神"的梯田，创造了灿烂的梯田文化。每到秋天，不论站在何处，一眼望去，都会看到层层叠叠的金灿灿的稻田。我想，这时候人们是幸福的，也是自豪的。

南方的秋，确实别有一番风情。每年入秋的时候，你站在山上或者田边，经常会听到树上"咚安——咚安——咚安嗳——"的秋蝉声，似乎那古老的谷船正"咚，咚，咚"般打谷子，你会马上想起秋收悄悄地临近了……

这是多么动人的秋天！人们看到这金黄的秋的色彩，会在喜悦中感觉金秋的马车带着丰收来到了身旁。

而蝉们日夜为秋不停地歌唱，也感受到了庄稼人的喜悦，躲在城市的某个角落，朝起暮落地等待着秋收一天天地临近。山那边层层的梯田，一天比一天泛黄，收割的日子快到了。我已离家二十多年，再没有抓过锄头了，一把锄头锈迹斑驳地藏在城里的家的旮旯。我是个退化了的农民，手上的老茧早已无影无踪。我身上还流着多少庄稼汉的血，我自己也说不清了。每想到这些，自己不免有些惭愧。

然而，我知道，秋天总是要如期而来。之后的几天，蝉们已在树上忙成一片，更加热闹。看到那一天比一天泛黄的谷穗，在庄稼人心里早已藏不住的期盼和喜悦，渐渐在眉梢上开放出来，连收藏在角落里的镰刀、谷船们，也在蝉鸣中苏醒了过来。人们忙碌着下田开镰了，拉开秋收的序幕。

秋天是沉甸甸的，还有一种丰收的负重感。这种感觉中，有一旦毁于天灾的忧虑。因为，如果秋收不及时就有毁于暴雨、洪涝灾害的可能。因此，一旦谷穗成熟，人们就不敢等，来不及休息便马不停蹄地去收割。

八月正是南方秋收最忙的时候，农家人怀着一种节日的心情，一大早起床煮饭，按选好的吉日，准备去收谷穗。从人们脸上的笑容里可以看出秋收的喜悦。吃好早饭，男人们背起了谷船，女人们拿着镰刀、麻袋，腰间挂着捉鱼筒，一起走向金秋的田园。今天是个好日子，汗水盼来收获，为这一天人们不知付出了多少艰辛。当走进自家的田园，家里的主妇第一件要做的事便是走进田头，用那双粗糙带茧的手，抓住几株散发着稻香的谷穗捆在一起，边捆边祝愿着：收割顺利，粒粒归仓。这是简单的开割仪式。而后，其他妇女也跟着下田割谷穗。当齐刷刷的镰刀后面倒下一片片金黄之后，男人们开始安装谷船，抱起一摞摞沉甸甸的谷穗，在谷船里弯腰作揖般"咚"地打下第一声，粒粒"金子"在谷船里沙沙落下并跳跃着，男人们厚实的嘴皮里同时虔诚地喊出一声"龙"（哈尼语，多起来的意思）来。于是，在秋的田园里，一家又一家，以这样的方式拉开了秋收的序幕，紧张忙碌地收割着。

田野里确实是忙碌的，也是欢乐的。一声声打谷声，从四处传来，一家响应一家，这是南方秋收里最简单而动听的歌谣。而最欢乐的是撮鱼的小孩子们了。他们三三两两的，在大人们后边撮鱼，叽叽喳喳的热闹声混杂着偶尔传来的鸭子叫、放牛老倌的吆喝，以及割镰的"唰唰"声和人们的腿脚搅动水的声音。这是秋收的交响曲，阳光下人们弯腰割谷穗、谷船打谷和田埂上人们埋头背谷穗的情景，以及老人捆稻草、牛在反刍、鸭在扇翅……这是秋收的画卷。秋收是繁忙的，农人比太阳起得早，比太阳归得晚，一大早赶着时间的脚步走向田园，又在夕阳的余晖中汗流浃背，背着谷穗回家。这一早一晚地忙碌，为的是收获，为的是温馨厚实的日子。

　　忙忙碌碌中一年的秋收就这样结束了。收割后的田野让人有一种如释重负的感觉，轻松而安详。而秋对庄稼人是实实在在的，庄稼人对秋是虔诚的，他们用双手和汗水赋予了秋更深的内涵。

　　秋收是劳动的美的画卷，我爱秋天的美景。

哈尼族吃辣子

南方大部分地区夏季气候炎热，人体容易产生湿气以至缺乏食欲。因而南方人大都有吃辣子、种辣子的习惯，这也许与辣子的特性有关吧。辣子是辣椒的俗称，很适宜种植及生长在南方的气候环境中，辣椒能刺激人的味蕾，增进食欲，帮助消化。

哈尼族的人们长期生活在云南地区，对辣子有特别的嗜好。哈尼族祭祖的时候也少不了辣子。日常吃饭尤其是男子吃饭或来客人时，一定要上辣子碗，这是一种特殊的礼节。

由于过去哈尼族社会生产力很低，全部生产劳动仅靠体力完成，于是人们自然对那些年富力强的男子有着特殊的敬重。男子们更梦想着自己力量超群。而生活中吃辣子多的人，往往也是那些年富力强、血气方刚的男性。于是这些人得到了人们的敬重，甚至成为姑娘们崇拜的偶像。因为，吃辣子也需要实力，体质差或者体弱多病的人很容易把肠胃吃坏了。能不能吃辣子，就成了衡量哈尼族男子勇猛与否的一个标准。

在今天，哈尼族人家仍有男人吃饭和家里来客要上辣子碗的习俗。更有意思的是，吃惯了辣子的人，哪怕是一餐饭没有辣子，就会

觉得特别不舒服，这餐饭是绝对吃不香的。

哈尼族吃辣子的方法很多，最常见的是青辣子放在盛了盐的碗里，一颗颗蘸着盐吃，最令人难忘的就是哈尼族人满脸通红、满头大汗地吃辣子的模样。还有一种是绿春县城附近哈尼族喜欢吃的青辣子拌哈尼豆豉。记得小时候放鸭、放牛时常包些冷饭，从家中火塘上方取些方方块块的焦黑的哈尼豆豉，然后在火塘边上烤香，再放到青辣子中并放些盐，包到野外去吃，味道感觉特别好，还下饭；这也是大人上山下田劳动时必不可少的晌午饭。其次是腌辣子。现在绿春平河一带的哈尼族人，每年过"十月年"的时候，从年猪身上砍些瘦肉和骨头剁碎，再将米和花椒一起炒香，磨成粉，然后和切好的青辣子拌匀，放进酸菜罐里就可以了，腌的时间越长越香。每到节日或家里来贵客时，主人常煮上一碗清香可口的黄灿灿的腌辣子给客人们下酒。这是一道不可多得的佳肴，吃了令人回味无穷。

我想，辣子像一个个不同的民族、不同的人，品种很多、辣味很多，吃法也千千万，但辣子赋予了我们一种个性和追求。

哈尼族的樱花汤圆

　　云南哀牢山西南，每年的腊冬，一座座青山上，总会盛开着一簇簇粉红的樱花，凤落鸡群般芬芳吐艳。樱花是落叶乔木，叶子长椭圆形，粉红的花，果实近于球形，可吃，味甜中略带苦。

　　哈尼族的人们十分喜爱樱花，与樱花有不解之缘。很久以前，哈尼族南迁来到哀牢山腹地，漫长的岁月中一直没有文字和历法，先人们对周围环境及自然界物候的变化进行了长期的观察与总结，推测时间、节气变化，最后形成一种物候历——哈尼族自己的历法。

　　在长期的观察中，樱花给人们的印象最明显，它在南方随处可见，落叶、抽枝、发芽、开花、结果，随节气的变化而变化。正当许多乔木还在静静休眠、萎靡枯黄之时，墨绿的山坡上，樱花却独占鳌头，寒风中傲然怒放，非常醒目。到了每年的农历十月，哈尼族人要过"十月年"（称腊干通）了。

　　樱花随时令、节气而变化，其花期的提前与推后、花朵的多与少及艳与淡等不同的现象，引起了哈尼族人的注意，他们进行了长期的观察，积累了许多丰富的知识和经验。哈尼族人把樱花当成吉祥的花，并当作"翻年"的树。哈尼族人根据观察经验，知道什么时候该

备什么耕、什么时候该下什么种、今年收成如何等，并把农历十一月称为"嗳呢齐行"（哈尼语，樱花月的意思）。尤其在民间，哈尼族人把樱花作为"翻年"的树，形成了过"樱花汤圆节"的习俗。过"樱花汤圆节"意为使日月之"年"如圆溜溜的汤圆一般，能把"年"随时光顺利地"翻"过来，祝福人们来年幸福安康、事事如意。

樱花在哈尼族人的心目中分量极重。每年，每户当家的开始捂种时，从山上采一束鲜艳的樱花插在其上，意为得到樱花神灵的保护和预祝丰收。

小时候，常看见几个大人围坐在火塘边或寨子中的操场上，边吸烟筒边闲聊，"来年还早呢，山上的樱花就开了，或许收成会好些"，或是"今年到现在迟迟不见樱花，可能来日会干旱"等。老人们开始提醒家里要提前处理农事，及时备耕；如果樱花开得比往年晚了，老人们会说今年的农事处理不必慌，种下早了会遇到干旱，影响收成等。在哈尼族人看来，樱花开得是否艳丽、有无精神、花朵多或少，对来年是有影响的。假如樱花开得艳，花朵密些，看上去也很有精神，就象征着来年会气候湿润、风调雨顺，植物生长得好，定有好收成；如果樱花开得稀少、无精神，说明来年会气候干旱，对庄稼生长不利，人的各种疾病也会多一些。哈尼族人对物候的变化十分关注，过去许多农事活动会以某种植物的变化为特征，但一年是否风调雨顺主要看樱花。哈尼族族崇拜樱花，对樱花的认识已从感性认识上升到理性认识，樱花对他们而言是农耕之花、历法之花、精神之花、友谊之花、爱情之花、民族之花。这一切都蕴含在哈尼族"樱花汤圆节"的文化里。

每年农历十月的狗日或猪日，哈尼族的村村寨寨都会过樱花汤圆节。这是个辞旧迎新的日子，人们祝福来年风调雨顺、五谷丰登、人财两旺。哈尼族的"十月年"刚过，年末岁首之际，象征"年"树的樱花正在盛开。哈尼族人认为，万事万物都需要翻转了才行，如斗转星移，否则一切将不再生、不再长，更不会旺，甚至将灭亡。他们做汤圆就是希望世间万事万物及"年"都能如汤圆一样翻滚，从而得以继续和发展，因此，做汤圆时他们特别虔诚，做得圆圆的。用米面做好汤圆后，三颗带有标记的汤圆先放进烧开的水里，分别代表物气（指庄稼及万物）、财气（指六畜、金银钱财及福气）和人气（指人的生命及健康），然后看哪一颗先浮起来，以此推断此年中人、财、物三者的好坏或谁强谁弱。所有汤圆煮好后，还不能吃，要先把"啪山�冷"送出寨门外，意思是要先把所有的灾难、疾病等晦气送走。送"啪山哑冷"要事先准备好小竹篓——用一截小竹子，一端破开，再用竹片简单编成托手形的竹篓，放进三颗汤圆并在竹篓边插几个棉花球，一起送到寨脚的大路口，插在路边上。第二天，全村人要禁忌一日（哈尼语叫啪山讷老），任何人都不准出工劳动。而有的地方的哈尼族人过樱花汤圆节时，在门框上画些犁、耙以及猪、鸡、鸭、羊、牛、马等农具和六畜，如大兴的高山寨，意思就跟汉族过年时贴春联一样。做樱花汤圆是从农历十月开始，加上十一月、十二月这三个月都要做一次，意思是如果十月就"翻年"的话，以一年十二个月计算，后两个月会缺月，"年"就残缺的，哈尼语叫"吧啦啦哈哈"。过去许多村子里的年轻人和小孩子在大人做汤圆时都习惯到山上摘些樱花回来，做成花球带到寨场上，男女老少一起踢毽子（踢毽子，哈尼

语叫"鸟胜等"），也是意为要把"年"踢转过来。这为樱花汤圆节增添了不少的节日气氛。有的年轻人还把花球送给自己的意中人，以表爱慕之心；小孩子把花球送给自己的姊妹们带在身上，以做装饰。但现在，樱花汤圆节的这些习俗都已经慢慢被淡忘了，年轻人的注意力已转向新鲜的现代娱乐形式。

烂炘牛肉

哈尼族是地道的农耕民族，创造了令世人惊叹的灿烂的梯田农耕文明。

从耕种的角度，哈尼族人是离不开牛的，田和牛是哈尼族人一生的财产。过去哈尼族人把牛当作生产生活的伙伴，利用半山腰的地势，牛厩就盖在地下，人却住在上一层，人畜同居。这样一来便于照料，二来防盗。哈尼族人一般舍不得杀牛，只有等耕牛老了或死了，才会把牛当作美食的馈赠，做一顿鲜美的佳肴，饱一家人甚至是一村人的口福。

当然，现在吃牛肉对人们来讲已经是再普通不过的事了，可哈尼族人吃牛肉有特别的方法。他们认为，最美味的还是那酸笋烂炘牛肉。他们把新鲜的牛肉，连骨带肉及内脏一股脑儿地撸进锅里，在火塘上咕噜咕噜地炘着，到半生半熟时切成小片，再放回锅与酸笋烂炘，冒着热腾腾的气，那牛肉和酸笋混合起来的鲜美、清香啊，从寨脚飘到寨头，牵着你嗅到了别人家的门口，垂涎欲滴、羞涩而腼腆地问："你家正煮酸笋呐……"

酸笋，提起来总会让人口里溢出酸味。酸笋对哈尼族人而言，既是

一道菜肴，又是一种去腥提鲜的调味剂。凡是有腥味的菜都会与它结缘，如有名的酸笋煮螺蛳、酸笋煮河鱼。

酸笋与竹子有关，竹子与哈尼族人有关。过去，哈尼族人的一生，在生产生活中时时都离不开"竹"的影子，从建房时的竹篾绳、竹椽到生产劳动中的竹箩、竹筒、竹筐，以及生活中的各种小器具或吃竹笋、笋干煮骨汤等菜肴，注意观察就会发现，哈尼族的文化，也是一种"竹"的文化。在古歌中也这样唱道，建村立寨，第一要种下的是竹，尤其是每年"矻扎扎""吃新米饭"的时候，都必须拿新鲜的竹笋来做祭祀。

当然，哈尼族人腌制酸笋是一种不时之需，甚至是秋冬干荒季节的蔬菜或调料的储备，同时也是勤劳之家的表现。腌酸笋一般在八月至十月，用长势不那么好的小笋来腌制。腌制酸笋是一门技能，腌得好不好、口感纯不纯正，真的有天壤之别。民间有种说法，酸菜腌得好不好，跟家庭祥和与否以及腌制者本人的健康、运势都有关系。腌制一般有两种方法：一种是砍成块，用清水洗净，然后放进酸菜罐里，再倒些清水刚好没过即可，有条件的舀一小碗原先腌制的酸汤水进去，这样发酸就快了。这种腌法使放置时间延长，要吃的时候，一块块拿出来切切就可以了。另一种腌法是切成细条条，用盐水浸泡几个小时，再用清水漂洗，水分干了后撒上盐、花椒、辣椒，放进酸菜罐中用手按实就可以了。

鲜牛肉与酸笋烂烀是哈尼族人的美食。当然，吃这道美食，也少不了哈尼那一道蘸水——花椒、青辣子、香龙、刺薄荷、薄荷等新鲜佐料。这道酸笋烂烀牛肉，吃起来就打开了全部的味蕾，只剩一个

"鲜美"了。现在条件好了，大家常去专门的烂烀牛肉馆美餐一顿。点上一碗牛肉，加上一碗青菜、一碗鲜美的蘸水，就是一桌饭了。大家很少点其他菜，而是把烂烀的牛肉吃得好、吃得够。几个人一起吃着烂烀牛肉，满脸通红地喝酒，慢慢地把舌头喝直了，最后东倒西歪，相互搀扶着才回去。这就是一碗烂烀牛肉的魅力了。

长梁一街绿春城

绿春曾经是边远山区，交通闭塞，而如今的绿春，正如它的名字，百业俱兴，欣欣向荣，呈现出一派春天的景象。坐落在一条极长的山梁上的中心县城里，一幢幢高楼鳞次栉比，一派生机。

这里古时叫东仰，相传由第一个拓荒者东仰而得名。东仰是个男子，十分勤劳，他看到这条长长的山梁无人开垦，就举家搬来拓荒了，后来人们便叫这里东仰或东仰阿保。

走在绿春城里，一条长长的街似乎走不到尽头，从东向西隔几百米就是一个哈尼族寨子，十几个哈尼族寨子排列在城街的两旁。从东仰民族风情园到蘑菇房式的民族传承馆、民族体育馆、音乐喷泉广场以及昂首待飞的白鹇雕塑，你会感受到绿春跳动的脉搏及近年来的发展变化。街道两边曾经低矮的茅屋变成了如今一幢幢崭新的楼房，人们的生活水平不断提高。

长长的街，长长的路，这里有"哈尼长街古宴之乡"之称。在那长长的宴席上，大家身着民族传统服饰，上千人齐刷刷地起身敬酒，在"哆——哆——"的喝酒声中，热血沸腾；在锣鼓声中，大家跳着舞，同醉同乐，一片欢腾的海洋。

绿春城如镶嵌在绿色的群山之中，从民族风情园往北约百米，就可进入林中沟涧（现在的阿倮欧滨森林公园）。那里，不同的季节有不同的野果、野菜、野花，如山药、绞股蓝、竹笋、野板栗、野杨梅，以及百合花、樱桃、杜鹃、山茶。你若是随手采些野果或野菜来，便能做成一道美味可口的佳肴。

绿春城四季常青，气候宜人，满眼碧绿的青山，没有都市的华丽、喧嚣，没有快节奏生活的压力，有的是乡村的宁静，让人在平静淡泊中，感恩于生命的美好。

"采菊东篱下，悠然见南山"，小城宁静且安然，能生活在这里是我一生的幸福。

回家过年

我在县城里工作，虽然说老家离得不远，但没有什么要紧的事很少回去。

结婚八年，我的父母早已不在，每年过年都跟着爱人回娘家看望岳父母，今年我却一人特意回老家规洞新寨村一趟。

我是农历大年三十回老家的。规洞新寨村1993年就开始通公路了，但一直以来很不好走，坑坑洼洼的，大家都怕伤车子，除非迫不得已，否则很少有人开车进村，所以，这天我特意租了一辆熟人的面的，一路真是坑坑洼洼，路面又窄，确实不好走。车只能慢慢前行，像是老牛爬行，人坐在车子里却颠来晃去，很不舒服，车下的底盘不时发出"咚——咚——"的磕到地面上的声音。此时的我，心都提到嗓子眼儿了，捏着一把汗。

半路上，遇到了儿时的伙伴罗石波，他在外面做小生意，也租了一辆面的回家过年，此时他租的车停在路边上坏了，司机躺在车底下正在修着。我们见面后都很高兴，寒暄几句之后我先走了，临走时他特地说了一句："许多年没有见面了，回家好好聊聊！"是的，许多年没见了！儿时一起长大，后来我外出读书直到参加工作，很少回老家。这么多年了，也该聊聊了，聊儿时、聊过去、聊现在、聊将来、聊人生……回想起二十多年的春秋，我们从小到大，成家立业，真不容易啊！

车还在路上摇来晃去地开着，我不时望向窗外，看一路的景色。大约是冬天的缘故吧，沿路是一片萧条的景象，枯黄寥落的草木在风中微微颤抖着，远处灰色天空下的村庄，十分萧索。我平时忙于工作，窝在城里深居简出，不知城外的变化。

回家过年，本该有个好心情的，但看到这一路荒凉的景象，我心情有些沉重。老家的村子旁，已不见儿时那片茂盛的树林了，那是我儿时的乐园，是我摘山花、野果，捉迷藏，与伙伴们一起嬉戏的地方，如今却无影无踪，不免有些不舍。

近几年老家的生活水平有了较大提高，大家的腰包鼓起来了，寨子里有几户人家还盖起了新房，日子过得不错，但生态环境不如以前了，山上的树木少了，许多沟水断流。

车不知不觉进了村，有几户人家的门口，男人们正在忙碌着杀年猪，有一种节日的气氛。路边也陆续遇见几个忙碌的妇女，从地里摘菜回来，或从水沟里清洗家什，准备过年。看到人们忙碌着过年的情景，我心里也不免兴奋起来。

我家也杀了一头小猪，过年了，我想为家里多添些喜庆的气氛。为了和大家一起拉拉家常。所以，晚饭时我特意请了几个儿时的伙伴和几位在村中德高望重的长辈到我家里喝酒。我们这些外出的人一回来，村里的老人们特别高兴，也会主动找上门来，听听外面的新鲜事。至于儿时的伙伴，那就不必多说什么了，从小一起长大，只要知

道我们回来了就会主动找来。我们这些外出工作的人，即使在外生活得一般，但在老人们眼里是村里的骄傲，是村里后生们的榜样。

在酒桌上，大家先是简单地拉几句家常，多年不见似乎有些拘谨，喝下几杯酒后慢慢地有说有笑，开始无话不谈了，讲笑话，谈儿时欢乐的往事、村里的事、外面的事。

我最关注的是村里的森林保护问题，森林直接影响整个村子的生存和发展。现在，村子背后的那座山光秃秃的，整个村子引水灌溉的水源也小了，一旦到了旱季，全村人都为水源而发愁，甚至你争我夺大胆出手，日子不得安宁。在酒桌上，大家你一言我一语地议论开来，都强调保护森林的重要性，说总有人不自觉，偷偷砍树去卖。

我说："人靠自觉，首先是管好自己家里的人，你不去砍，他不去砍，自然就制止了……"

时间过得真快，凌晨三点，大家觉得该休息了，就这样收桌。大家都散去，我也上床躺下。

第二天一大早就听见许多人家陆陆续续放起了鞭炮，我昨夜睡得晚，感觉还没有睡多久就被吵醒，于是不想起来，还躺在床上。不多时，有几个儿时的伙伴和亲戚家的人来喊我，要我到他们家里吃饭。我起了床，洗漱了一下，在他们的盛情邀请下前往。

我先到了罗哈山家。罗哈山是我儿时最要好的朋友，知道我回来就老早派他的儿子来叫我。我到他家时饭菜早已摆好了，一家人在等我到来。我上了桌，斟满了酒之后，他家老人就端起了酒杯，说了几句祝福的话，再喝口酒、尝口菜，就开始叫大家一起吃了。大家端起酒互相祝愿，边喝酒边吃菜、拉家常。

没几分钟，其他几家亲友来催我去他们家。我怕人家久等，于是快尝了几口菜，端起酒杯，向大家敬了一杯酒，就告辞到另一家去了。这时，罗石波也派人来告知下午去他家"集中"。所谓"集中"，就是几个儿时的伙伴一起聚一聚。我虽然酒已经喝得不少，但难得大家一片心意，于是就挨家去拜访，每到一家也不过坐下十几分钟，直到下午六点，我才到了罗石波家。

到了罗石波家里，我的酒力有些支撑不住了，但我提了提神还是硬着头皮又坐下。罗石波开始站起来用哈尼话祝酒，大家也跟着站起来。他说："来！今天是个好日子，我们从小一起长，长大后却各奔东西，二十多年了，没有像今天这样相聚过；过去不知过得怎样，今天大家就像是回窝的鸟，相互拥抱在一起诉说衷肠。来，祝愿大家今后的日子一切顺利，美满幸福！干！"大家随着他一起把满满的一杯酒一口灌进了肚里。迷糊之中我也端起杯来，碰向坐在旁边的李来才，还一面问他："现在日子过得怎么样？"他在我们几个伙伴中算是生活较困难的一个。

他说："人（劳力）少地瘦，一家四口一年四季守着那两三亩地和一亩多茶园，日子过得清贫些。"我俩在拉家常，其他人都在听罗石波讲儿时的一些笑话。

席间，大家谈到了今后全村如何建设和发展产业的问题，大家谈着谈着，不知不觉天也快亮了，一夜就在这样热闹的气氛中过去，这时我的酒也醒了好多。已经是凌晨五点，人们开始祭祖，我们也忙着起身离去。我觉得很困，就跑去哈山家，在他儿子的床上休息一会儿。

半个小时后，又有人来喊我去吃饭了。本来哈尼族过年就重亲

情，大家拉家常、沟通感情，现在人家请了，你不去，一是不给面子，二来人家以为你架子大。于是我就没推辞，又一家接一家地去拜访。先去了鲁黑家，还没几分钟，老表哥李批龙的大儿子又来喊我，说家里等我等得饭菜都快冷了。

老表哥是个乡村教师，二十七八年的教龄了，三年前因为要照顾爱人，申请调回了本村小学。我到他家里的时候，也有几个远方来的朋友，都一起在饭桌边等我。我的到来让老表哥很高兴，让儿子赶快斟酒。我的酒斟好了，老表哥就端起酒怀来说："今天过年，祝大家来年吉祥如意，干！"大家一起把酒喝下。

席间，老表哥抱怨我不常回家。我说："在外面工作很忙，另外，咱们这条路不好走，车子也不敢过，怕出事，所以很少回来。"

提起回家，我确实常被路的问题所困扰。虽说村子离县城并不远，走路回去却要费很多时间，所以，除了家里有特殊事情外，我极少回老家。这次回来过年，因为路不好走，怕车子出事，所以一路上提心吊胆地捏了一把汗。说起这路的问题，我就说："咱们规洞新寨村今后如何发展、如何建设，全看这条路；我听说县里已经决定把这条路重新扩宽，并连接到番家东山水库，为今后开展城市生态旅游打好基础；公路要从我们寨子中间经过，会占用几户人家的房子，需要大家的理解、支持，这对我们全村来说是一件大事。公路从寨子中过，大家都很方便，到县城也不过几分钟，特别是开展文化旅游业后，世界各个地方的人都可能来我们村，到时候来来往往的人很多，大家不出门就可以开展许多副业。所以，大家要解放思想，把目光放远一些……"
我对老表哥说："你是村里有文化的人，除了教好书外，对村里群众多做些思想工作，要引导大家建设好我们村。"大家听我高谈阔论，忘记了喝酒、吃菜。见此情形，老表哥不时催大家继续喝酒和吃菜。

中午两点多，老表哥李木成来喊我了，说是不管怎样必须到他家一趟。大家都邀请他一起坐一下，他却再三推辞，说是家里还有许多人在等。我看他确实着急，便起身向大家告辞。

李木成表哥家里也有许多人。他的大儿子才斗见我进来就赶忙打招呼，然后就去取碗筷，老表嫂在火塘边正忙着什么，火烧得旺旺的，三脚架支着一口大铝锅，好像是在煮什么菜。我在酒桌边坐下，和大家打招呼，才斗把碗筷摆到我的面前，斟满了一杯酒。

"熟了没有？"木成表哥问火塘边坐着的表嫂。

"熟了！"

才斗起身到火塘边取下了大铝锅，用筷子从锅里挑出一只煮好的鸡来，摆到砧板上砍了，然后摆到桌上来，把鸡头摆到我面前。"这是给你做的！"木成表哥指着碗里的鸡对我说。老表哥一家太客气了，这样盛情款待，我有些过意不去，觉得不好意思。"不要客气！一来好久没有在一起相聚了；二来快到下午了，添些菜就分开早餐、晚餐了，一起聊聊。"

哈尼族礼节中贵客第一次来家里或非常要好的朋友好久没来，逢节庆且方便的情况下就会杀只红公鸡招待客人，以表示欢迎和尊敬。

老表嫂忙着把桌上的菜重新热一遍。哈尼族一到过年过节最喜欢找朋友和亲戚相聚，大家聚在一起吃饭、拉家常。这时，家里的女主人就忙个不停，给大家烧开水、沏茶、热菜什么的。她们喜欢听大家说些新鲜事儿，说到自己知道或有兴趣的事，就搭几句话。哈尼族人热情好客，家

里来了朋友他们感到很荣耀，在别人面前很自豪，朋友来得多说明这家人为人处世不错，人气旺；如果一个朋友或亲戚也不来，大家就会看不起你。特别是在外工作的人，如果一个朋友也没有领回家里，人家会认为你在外面没有朋友，混得不好。哈尼族人认为朋友多了路好走，有空多领朋友到家里玩，邻里会非常羡慕，甚至会找到家里来认识一下。

我想起了关于公路的问题。如果公路真要从寨子里过，我老表哥家的房子必须退让，涉及的还有三家，主人也在这里，我想借机动员大家服从大局。我说："我们的这条公路就要拓宽了，最大的困难是路从寨子里经过的问题，需要大家多支持，要让出一条路来。"

"其实，路从寨子里过，最受益的还是现在需要让出房子的几家，我们离县城不远，路好之后，这里将是城里人度假旅游的好去处。到时，来的人多了，这几家人开起铺面做生意多方便。我们村将建设成民俗村，将来这里是城市生态旅游区，国内外旅客来我们村看民族文化……"

因为这两天来没好好休息，我身体有些支撑不住，就先告辞回家了。

下午五点，我正准备返回城里时，才斗的小弟来叫我，说是他家里突然来了个导游，领了个外国人，喊我去看看。我重新来到他家，一进门，李木成大哥用哈尼话跟我说："你是不是神仙？你一说，这外国人就到家里来了。"那个外国人和导游正在吃饭，一边吃一边嘀咕着什么。通过了解，我得知女的是北京的导游，男的是法国人，是来旅游的，他们从城里漫无目的地游玩，不知不觉来到了我们村。席间我们说了许多话，那法国游客说是想看看房子里面，我们领他参观了一番，出来后我就告辞了。

家乡的麻雀

一到周末，我那三岁的小女儿就说："爸爸，你领我去风情园吧！"每次她不听话的时候，我都没有别的办法，只能哄她说去风情园，于是她就乖乖的了。

风情园全称是东仰民族风情园。这几年，绿春提出了"建设哈尼文化特色县"的目标，在县城东落瓦村下面的梯田上建起了这个风情园。

每次去风情园，小女儿都非常高兴，一到门口，她像一尾刚被放生的鱼儿，飞也似的往前面跑去，到小水沟和池塘边看小鱼、拾小螺蛳或玩水，一个人可以静静地玩一天，我则在树荫下静静地坐着守护。这时候，我经常会听到麻雀清脆、悠然的声音，或者看见正在寻食的三两成群的麻雀，这不由让我想起自己那麻雀声相伴、到处找麻雀窝的童年。

麻雀，我们这里叫"瓦雀"，童年时村庄里到处可见，它们是我童年的伙伴，它们的歌声时常伴我入眠。它们经常在房上房下嬉戏，与我们形影不离；我常与小伙伴掏麻雀窝，一起到山上捉小虫喂养小麻雀，伴着麻雀长大。麻雀是和谐、自然的象征，给人们带来祥和与安宁。

因为茅草房换为钢筋混凝土房的缘故，许多年没有听到麻雀声了，现在突然听到了感到很亲切，甚至于无比欣慰。看见儿时的伙伴，谁还能无动于衷呢？久违了，我的伙伴！

听别人讲，三年前是风情园里好心的管理员从老远的地方"请"（出钱找人买回来）麻雀到这儿安家的。当初是两对情侣，不过四五年的时间，数量已添至五六十只了，真令人高兴。麻雀在茅草房（风情园的文化长廊）上做窝，从里面飞进飞出，其乐融融，我的心里很欣慰。

无论在哪里，每当听到麻雀的声音，看到麻雀的身影，我都会想起许多儿时的事，怀念起儿时的麻雀。

小女儿每次在这里都天真无邪地尽情玩耍，虽然她没有留意到这清脆的麻雀声、柔柔的风、绿绿的草木、清清的水……但它们共绘出的这和谐情景，也许是她喜欢来这风情园的原因吧！而我每次都在树荫下，静静地听着麻雀清脆的鸣叫声，感受着这自然和谐的美，心里总感到很幸福。

童年的哆依树

小时候，摘哆依果，吃哆依果，那是一件连梦里都乐开了花的事。

哆依果，解了我童年的馋。

极普通的哆依树零星长在荞麦地里，长在稻香扑鼻的田边，长在迎来送往的村口，长在传世的古歌里，四季守护着家园，葱茏的树冠，站成故乡的一道风景。

一棵长在路边的哆依树，为人们提供休息纳凉的树荫。

顺手摘一枚哆依果，放进嘴里解解渴，那是山里人的欣慰与满足。

我的童年就长在了酸酸甜甜的哆依树上。

如今，童年的哆依树不见了，成了一丝永远抹不去的乡愁。

圆明园的一天

在鲁迅文学院学习时，我有幸第一次游圆明园。

那天是周末，约了云南来的老乡和大海（老和的同学）一起去。大海在云南香格里拉文联工作，这次一起到鲁迅文学院学习。在公园门口，见到老和的两个侄儿，他俩在大连读书，也是特意上北京来玩的。正好都是老乡，我们就一起去玩。

公园的正门设在东南方。公园大门是重建的，空落的楼宇外撑六大红柱，里墙是进出用的三斗门，雕梁画栋的屋檐，青灰的瓦，左右两旁有两个大石狮。我们买了票，进了公园。

一进大门，迎面是一处小小的套院，曲径通幽，漫步过去，就到了迎晖门。迎晖门内就是圆明园三大园之一的绮春园。跨过了迎晖门，映入眼帘的是湖水楼阁、柳树岸边的天心湖与鉴碧亭。天心湖边长着许多树，与湖心里二层方檐的鉴碧亭形成优美的山水楼台，只可惜万物刚刚复苏，稍显萧条。往前走，便见路边一幅巨大的圆明园鼎盛时期的全景图，游人们纷纷驻足观看并拍照。绮春园由竹园、含晖园、西爽村、春和苑等组成。由于分建于不同时期，所以绮春园内的布局有些凌乱，不过仍可算得上是小型水景园林的集合。

沿着天心湖边走过去有座残桥，与远山树影和墨色的树枝构成一幅流动的国画。残桥卧波，桥下有潺潺的绿水，放眼望去，依稀可辨园子当年秀美的身姿。

坐在凤麟洲的对岸休息，静静的湖面上有一只野鸭在孤独地游着，令人感到一种难以言说的寂寞、凄清和悠远。湖水边刚冒出些嫩绿的芦苇，宽阔的水面倒映着远山树影。

我知道圆明园很大，便走马观花地继续逛。从残桥顺着路就来到了西洋楼景区。

到了西洋楼景区，我首先被那些雕饰精美的汉白玉巨石给镇住了。如此巨大的石材从哪里搬来？怎么运，怎么雕？为什么耗费如此巨大的人力、物力呢？一个个疑问在我的脑子里不由自主地跳出来。西洋楼地处圆明园东北角，占地约八十亩，由西向东依次为谐奇趣、黄花阵、养雀笼、五竹亭、方外观、海晏堂、蓄水楼、远瀛观、大水法、观水法、线法山、方河、线法画等景观。从一些历史照片和文字记载的信息来看，西洋楼是仿瑞士、法国等宫殿园林建筑的一座欧洲式宫苑，汉白玉石的石面精雕细刻，屋顶覆琉璃瓦，有松柏林木、喷水池、围墙、道路铺饰、铜塑石雕，同时采用我国砖雕、琉璃饰件和叠石技术等，中西结合。

我们从谐奇趣由西向东走。据石碑记载，谐奇趣位于西洋楼景区西端南部，是清乾隆十六年（1751年）秋季竣工的第一座欧式水法大殿。其主楼三层，顶层三间，一、二层皆七间。楼前左右九间弧形游廊连着二层八角楼厅，是演奏中西方音乐之处。楼南是大型海棠式喷水池，池内设有铜羊、铜鸭和西洋翻尾石鱼等组成的喷泉。楼北也有

一座小型菊花式喷水池。喷泉的供水楼到谐奇趣西北称作蓄水楼。圆明园罹难后,谐奇趣楼前喷水池内的西洋翻尾石鱼流散到北京大学。楼北菊花式喷水池曾散落于城里翠花胡同,1987年在原址复位。从整个西洋楼景区来看,现在黄花阵还保持了原样(1987年至1989年,先后在原址按原样修复了全部阵墙和欧式圆亭),它位于谐奇趣北侧,是仿照欧洲迷宫而建造的花园。黄花阵的方阵为南北长方形,四面设门。阵中心是高台圆基八方西式亭,寓意"天圆地方"。方阵南北长约89米,东西宽约59米,阵墙总长约1600米,墙高约1.2米,雕花青砖墙面,也称万花阵。

从现在依稀可辨的痕迹甚至一石一柱中,游客仿佛能想象到当时西洋楼建设规模的宏伟。只可惜,如今这里除一些高大葱茏的树木外,就是一片废墟。1860年被英法联军焚毁后,西洋楼就失去了原貌,只有几根石柱和横七竖八的残石零落地躺着。这里是历史的坟墓,汉白玉残石就像腐化了的历史白骨,懒猫一样地躺在旧址上晒着阳光,给游人们观赏、拍照,而那些立着的石碑,仍高高地竖指着天空,如同不能打开的墓碑,被封住口。西洋楼残缺的美让它成为历史的雕像,静静地诉说着历史的沧桑。

"沉舟侧畔千帆过,病树前头万木春。"虽说圆明园柳絮飞扬、树林繁茂,但透着一股沧桑和凄凉。游完西洋楼,已经是下午四点多钟了,一天的大半时光过去,我们原路匆匆赶回。

蟋蟀夜鸣

　　乡野里长大的人谁没听过蟋蟀之鸣呢？蟋蟀的鸣叫，无论在哪里听到，都是一种熟悉的乡音！它是乡情，又是思念。它的亲切，它的美，颤悠悠地穿透了心底，把往日的时光一下子带到了眼前。

　　童年的时光是美好而快乐的，如今我的童年渐渐远去，在时光的那一边，童年就睡在蟋蟀声里。

　　童年的乡村，在漆黑漫长的夜晚里，听蟋蟀；在雨夜之后的夜里，听蟋蟀；在月下捉迷藏时，听蟋蟀；在夜行归途中，听蟋蟀……

　　那啾啾唧唧的声音啊，你不妨静静地听，它空灵、幽静、悠远、美妙、缠绵，仿佛从很遥远的地方传到眼前，清脆得让你灵魂出壳。它们或在墙脚下，或在草丛里，或在石缝间……整夜是蟋蟀的世界。或许它们在开美妙的演唱会；在嘘嘘的叫声中传递着爱的信息；在对鸣里讲着动听的故事……蟋蟀声就这样伴着我童年的时光，让我回忆起乡村的往事。乡村很淳朴，有了蟋蟀的声音，宁静的夜晚更美、更温馨，无论月夜、雨夜或是漆黑的夜，都是最美的时刻，都会留下些令人难忘的往事。

　　童年的我听着蟋蟀声长大，在月光下和小伙伴们一起玩耍的时

候，唱童谣嬉闹的时候，总会听到蟋蟀们在周围的草丛或石缝里嘘嘘地啼鸣。长大后，月夜在村外的树林下和姑娘约会时，听到蟋蟀缠绵、深情的叫声，令人心生情愫。现在每每听到蟋蟀的声音，总是关不住记忆，想起儿时乡村的种种往事。

乡村是思念和回忆。童年伴着蟋蟀声，总是从时光的那一端飞到我的眼前，让我忍不住多情，牵着那远去的时光的手。这天籁的声音，从古到今，缠绵、亲切又深情。我现在才明白，它与祖先有关，与月亮有关，与童年和往事有关。这是多么熟悉的声音啊！因为，它一直伴着我们的生活、我们的故事、我们的人生。

大围山

借参加第三届"中国梦·红河情"红河南岸文学创作笔会暨首届大围山赵翼诗歌节之机，我走马观花地游览了云南屏边大围山国家森林公园。这里的森林覆盖率超过80%，满目的原始森林，满眼绿色的世界。

这一天，我们在滴水苗城吃过午饭后，坐大客车来到了大围山国家森林公园。从滴水苗城向东缓缓而行四至五公里，就有一池清波荡漾的水库——红旗水库，这是供苗城饮用的水。这水库仿佛苗城的一块翡翠玉枕，虽说它在园区里，但四周的青山树木以及铁栏围得严严实实，看不出人为的污染和破坏。

我们从水库向大围山腹地继续前行。进入公园核心区的这段路面特别窄，弯道多，只允许进游览车，人多也只能用大客车送了。一路上都是古树密林，大客车在大蟒般的公路上爬行着。狭窄蜿蜒的道路让我们乘坐的大客车如履钢丝，真是一次惊险的考验，司机师傅却轻车熟路，没有一点紧张的样子。一个文友很有感触地夸赞师傅的车技："不愧是驾校里的老师傅！"虽说师傅的车技不错，但我专心致志，一声不响地注意着前面的路，生怕有什么差错。

二三十分钟后，终于到了目的地——森林密布的山冲，一眼望去，池塘、柳树、屋舍、凉亭……环顾四周，古树参天，横桥天顶，这儿就是大围山国家森林公园景区了。

印象中，大围山既不大也不巍峨，但自古以来因古树茂密参天、清泉细流及其奇秀空灵而被人们所关注，因清代文人赵翼及其《树海歌》而名传古今。大围山青山秀水、空气清新宜人，颇得文人墨客的眷顾。

赵翼在《树海歌》中惊叹大围山绿色森林的奇伟，作品内涵十分丰富、意境高远，描述了大围山的古朴，情真意切地表达了诗人对大围山自然景观的景仰。

我们沿池边向森林走去，走着走着队伍便分散了，我和老友艾吉、家斌兄、李勇等向A线浏览区走去，发现一路古树老藤多为奇丽的原始森林美景，约百米的巨树，一棵棵参天如龙，而地面奇形怪状的老根盘根错节，相互交织着，连成一张巨网，有的还离开地面形成空洞，可作为野兽的窝，下雨了人还可以躲进其中避雨。这是几百年形成的大围山原始森林，我不由感叹大自然的奇伟和壮美。

去戈奎兰嘎村

"兰嘎"是个地名，也是个村子，在我童年的记忆里，它在遥远的地方神秘地存在着。它从远古走来，被代代哈尼族人挂在嘴边。

一个春天，应同学之约，我第一次驱车踏上了兰嘎。一路上雨雾同行，像是被蒙住了眼。

我们一行五人，在狭窄逶迤的乡村泥路上颠簸着前行。这条路年久失修，杂草丛生，路面坑洼不平，多处塌方。好在我在乡村长大，经得住一路的艰辛。虽说没有来过这里，但我对于这里感觉既陌生又熟悉。

这里的哈尼族同胞们都生活在半山腰上，依旧是寨子上面是树林（寨神林），寨脚是一汪碧水和一级级的梯田。看见这样的村寨，无论何时何地我都有一种说不出的亲切和熟识的温暖。

上午十点多钟我们就到兰嘎的地界了，因为刚下过雨，路有些滑，看着陡峭的山坡、弯曲狭窄的路，我心里有些紧张。这时候，我不由对从这里走出去的李约处同学有了一些敬佩：山沟沟出了个人才，贫瘠之地也能出飞龙。他从偏远的山村走出了大山。在那个生活困难的年代里，他的父母怀着对知识的渴望望子成龙，实在了不起。山高陡峭，寨子在半山腰，下面是泊那河，这是我对兰嘎的第一印象。

车子一进村就停下了，说是到家了，同学的家人们在等我们吃中午饭。一进门，一桌丰盛的菜肴就摆在眼前。大家相继入座，举杯之后同学介绍，今天是"开秧门"的日子。

我这才知道为什么杀猪宰鸡这么热闹。"开秧门"是哈尼族栽秧前的一个习俗。绿春县城区哈尼族开秧门不像这里那么隆重，只是简单地染一些彩蛋和糯米饭，最多也不过杀只鸡丰富些饭菜而已，这样隆重的"开秧门"我是第一次参加。

第一次来兰嘎、第一次到同学家，我心里不免有一丝欣喜，举起那浓浓的农家腊酒，三巡过后便有些眼花了。同学说这里是小弟家，老家在下面。大家你一言我一语，觥筹交错中有人说，今天这里也要过"哦哩主"，想去参加的可以去。同学介绍说这是泊那河边三岔河处的一个祭祀活动，只能男人参加，尤其刚结婚的男子，据说参加后能顺利地生儿育女……他说刚结婚时自己也参加了，之后好多年都没有参加过，今天还有些时间，我们可以去看看。

中午饭后，我们一行人下坡向泊那河河谷进发了。路上，同学说，这条路小时候经常走，那时村子里没有学校，要走很远的路去上学，有时父亲接送，有时一个人走。这时候，我的脑海里浮现出这样一幅画面：一个母亲在门口目送一大一小父子俩踏上求学路；一个孤单的男孩，急急忙忙地走在归家的路上……这里山高路险，需要爬山汲水地走丛林小道。这一幕幕支离破碎的画面浮现在脑海中，我似乎也看到了我的童年。然而，那心酸岁月里的追求与努力已经有了结果，只遗憾他的父亲没有享到清福，去世后静静地坚守在泊那河对岸的那座山岗上。他的父亲从出生、成长、生儿育女以至生老病死，没有离开过这片生养自己的土地，就像一棵小草，哪里生长就哪里归土，永远属于那片土地。

到泊那河后，我们查看了两座桥梁。后来我才知道，这两座桥是我的同学筹资建造的绿春至红河的民间驿道桥梁，也是这一带人们生产生活的交通要道，桥建好后他一直没来看过，现在特地来察看一下。

知道这些我才醒悟，他看桥时询问得那么认真仔细，这也许是他的一种责任感吧。关于他帮助家乡的事我听到、看到的也很多，他没有忘记这片生养他的土地，没有忘记家乡的父老。在我看来，他平易近人、诚实厚道、乐于助人、可亲可敬。

看完了桥之后，我们就在泊那河三岔河处参加了"哦哩主"。来参加的有兰嘎、略玛一带几个村子的男人们，看起来有二三十人。河边上烟气袅袅，大家各司其职，杀狗、杀鸡地各自忙碌着，准备祭祀。之后，大家在河边上有说有笑地喝酒吃肉，十分惬意。在野外喝酒吃肉，总有特别的心情和一番特别的风味，无论吃什么总是美滋滋的。在河滩上，十几桌树叶铺就的酒席中，酒香随风飘散，大家席地而坐，谈笑间，一个个满面通红，慢慢头重脚轻。不觉间，已到了回家的时候。

回家的路是爬坡，不知是因为多年在城里生活而疏于锻炼，还是确实年纪大了，我的双腿不那么灵活了。这让我不免有一丝哀叹，觉得自己老了。我只能跟在别人的后边——那些农民弟兄的后边吃力地爬着。城市的生活让我们养尊处优了，失去了农民的自然野性。最终，我们回到了兰嘎村的同学的家里。

春天来了

　　春天来了！它总会让人悄无声息地产生一种莫名的兴奋，这似乎是大自然的密码，一到这个季节万物就会自然而然地躁动起来。万物随季节轮转变化，这就是大自然的魅力。

　　春夏秋冬，四季是时间的一种表述和表象，有其不同的美和意义。

　　春是生命的开始，万物复苏，春风像一只无形的巨手，无声地抚过大地，让其生机盎然，那干旱的土地连同萧条枯黄的草木一同苏醒。在蓝天白云下，精致油嫩的绿叶不经意间发芽了。

　　春啊，满身的绿！万物生命里注满了无穷的力量，生命的绿随那山风漫天飞舞，让我不由地想着那山、那水、那草、那木，过去、现在与将来，那些生命里的故事……我兴奋极了，无法入眠，那是我的春的情丝。

　　是的，这时万物萌动，世间充满了生机。草木发青，芬芳吐蕊……山上飘荡着嘹亮的山歌，树上满眼翠绿，以至我的心随风而去。

　　在春天，在喜与悲、欢与愁之中，何尝不是：春去春来春亦老，人来人去物思物。年年枝头年年发，时时花开景不同。

　　籽因春而破壳，草因春而发芽，枝因春而抽枝开花……

　　春天来了，情丝在飘荡！一切都在向前进发。

乡村月夜

　　儿时在月光下唱儿歌的日子已经远去了，留在童年记忆里的美好回忆，静静地锁进时光的匣子里。月光下的童年是幸福的。

　　如今我长大了，走出了童年的乡村，长期蜗居在繁华的城市里，灯火辉煌下不知道夜晚的天空什么时候有明月，什么时候没有了月光，已全然忘记了天上还有一个月亮。

　　今夜，因为下乡宿留在乡村里，此时，城市的繁华与喧嚣离我很远。劳累了一天的人们吃好了晚饭，围坐在火塘边抱烟筒、拉家常，忘记了一天的疲惫，有说有笑、其乐融融地在甜蜜而祥和的时光中享受人生的快乐。

　　吃过晚饭，没什么事，我独自一人走出房门。此时，我看见东边的山头爬出了圆圆的月亮。乡村是宁静的，让人感到一种特有的清静和轻松，甚至会有些不明的寂寞。今夜月光很美，圆圆的月亮泛着皎洁的光。月光倾泻在大地上，投下斑驳的影子——竹影婆娑，蕉叶瑟瑟，篱笆房屋。静谧的夜色下，我一个人静静地凝望月亮，听蟋蟀或其他虫儿们演奏的夜曲。此时，什么都可以想，想久别的父母、妻儿朋友，甚至可以想自己能插上翅膀，飞到月宫与嫦娥相会；或者回想儿时的美好生活；或者抛开一切烦恼，什么都不想也不做，仿佛这世界全属于自己……

元　旦

　　今天是元旦。元旦，这时间的逗号，曾一次次打在生命的篇章上，此时突然来到我面前，似乎令我有些措手不及。站在来与去之间，你会产生怎样的心情？繁杂，沉重，轻松，还是快乐？元旦以时间的名义来到每个人的面前，从容地来，又从容地去，从不跟人客气。

　　是的，我们别无选择。白驹过隙，对于这流动的时间，我们是喜还是忧呢？我想，对于辛勤者是喜，而对于碌碌无为者是忧。因为辛勤者必然会赢得更多的时间，创造更多价值；而碌碌无为者将时间白白浪费掉，失去了应有的一切。对于新生者，时间会令其成长；而对于腐朽者，时间会让其消亡。你是哪一类呢？

　　此时，你站在时间的河流中，光阴一天天从你的指缝中悄悄溜走，等到另一个元旦飘然来到你的面前时，你才惊觉又过去了一年。这是怎样的心情！多少感想——去与来、得与失、成与败——都会以时间的名义，在你的人生中打上顿号、逗号、句号、问号或者感叹号、省略号。

　　站在元旦的门槛上，你对过去的日子还记得多少？可是，昨天刚过去，此时你还能怎样？站在时间过往的十字路口，列车已启动，无法回头，只能重新整装出发。终点也是起点，你准备好了吗？

乡　愁

　　每个人都有故乡。故乡是祖辈给予的衣胞地，好比一粒随风飘落的种子，从地上生根发芽——在故乡里出生、成长。于是，你就成了故乡的一员，成为故乡的一部分，你的身体、语言、情感和思想……一切都带有故乡的影子。像从儿女的身上能看到父母的影子一样，不管你走到哪里，你都是故乡的人。

　　故乡之于每个人就像与生俱来的对母亲的眷恋。不管离乡还是一生守候在这乡土上，每个人都有乡愁。

　　乡愁是什么？是怀旧？是情？是爱？是一种熟悉的情感，还是一种责任和情怀？

　　月是故乡明！乡愁是一生甩也甩不掉的乡音。离乡的孩子飘零他乡，多少辛酸的泪水，把故乡捻成一粒多情的相思豆，要枕着乡愁睡眠。捡起一棵故乡的小草，熟悉的心情，那是乡愁。

　　乡愁是一种恩情，一种责任。赤子的心装着故乡，感恩的心变成一种责任。

　　我从没有离开过生我养我的故土，我说不清乡愁是什么，一粒土、一棵小草、一滴清泉、一片白云……在我的心里，乡愁像杜鹃鸟的哀鸣。

竹筒煮鸡

不知为什么，哈尼族人自古就与竹子结上了缘。哈尼山乡遍地是竹子，一年四季都有不同的竹笋上市。哈尼族的寨子都有高高的苦竹围着，如同一道遮风挡雨的绿色城墙，呵护着哈尼族人温馨的家。月光掩映下的竹林，那是过去年轻人浪漫温情的地方。

我们与竹影、竹味相伴。提到"竹"，最先在脑子里闪现出来的是那一道"竹筒煮鸡"，这道菜肴小时候就被"烙"进了脑海，吃一次过瘾一次，令人念念不忘。

阳春三月，春光明媚，几个人带一只鸡、一把刀，再包一些盐、辣椒、花椒、草果以及小香菜，到约好的地方野炊。一些人拾柴生火，一些人砍些竹筒来，用竹筒烧开些水，杀鸡褪毛并洗净剁成小块，再用盐、辣椒、花椒、草果腌几分钟，最后装进竹筒里，适量加些水，把口用竹叶封上，在火堆里慢慢煮就行了。春天原本是美丽诱人的，大家在春光里其乐融融地各自忙着，就像一窝叽叽喳喳的麻雀。

竹筒鸡煮好了，大家赶紧围拢过去。那味道，我终生难忘。

绿春削峰填谷札感

绿春，生我养我的土地。它在中华大地上，如坠在祖国南疆边陲腰间的一枚挂件，在历史的风沙中无声无息地翻转。可是，古时这里偏远闭塞，曾经是人迹罕至的蛮荒之地，在苦难中迁徙过来的哈尼族人在这里落脚，把这里看成太阳升起的地方与滋润万物的十二股圣水流出的地方（古歌中这样形容）。在哈尼族人眼里，这里阳光明媚、山好水好，是适宜繁衍生息的家园。

小时候，从没有想象过天有多高、地有多厚，生长在半山腰的规洞寨村里，只知道每天的太阳都会从山腰中露出笑脸来，早上起来，在晨光中第一眼看到的就是对面山梁上竹林下面昂玛普石、阿倮那安、牛洪、阿倮普台几个哈尼族村子。

小时候的我满山遍野地跑，上山找鸟窝、摘野果、滚草坪，下田玩泥巴、撮泥鳅，山野成了我们的天堂。因为小，我们只能玩过家家、躲猫猫，只能与小猫、小狗打闹，在火塘边听着童话睡觉。或许这是古老的东仰阿倮欧滨对我的一种养育方式。

当我长大之后才明白，这里不过是一个小山冲，除了山就是山，除了河就是河，森林、梯田和村庄是这里最美的风景。

绿春，这个让我亲切得不能再亲切的名字，种在我心里，烙印在我灵魂深处，那些无法抹去的历史，那些鲜活的人物，至今还闪烁在记忆的星空。

山的呼喊，梦的追求，从不停歇的脚步，红土的肌肤暴露出的雄性的魅力……展开胸怀，让山变绿、道路变宽，一块崭新的平地，使绿春这个边境小城有了依偎入梦的地方。绿春在抒写着如火如荼的明天。

绿春要发展，这是生活在这块土地上的人们的强烈愿望。但绿春有高山峻岭，河流纵深，无一平地，人们生活在山的皱褶里，挪不开半步。党的光辉照亮了绿春大地，将巴暗普丘夷为平地，"削峰填谷"的行动开始了——"愚公移山"的神话成为现实。绿春人民显示出征服自然、勇往直前、追求美好生活的昂扬斗志。

从这时起，绿春人的梦开始发烫，开工这天彩旗飘舞，人们着盛装，精神抖擞地聚集在一起，喇叭声响彻天空，余音回荡在山谷中，证实着梦想变为现实。鞭炮声响过之后，昼夜机声隆隆，蚂蚁一样忙碌的机动车上演着现代人的"愚公移山"，谱写着移山填谷的壮歌。

"削峰填谷"确实为绿春的发展规划了一张崭新的宏伟蓝图，注入更多的活力和梦想，为实现"哈尼家园、生态绿春"打下良好的基础。在我的想象中，中国哈尼族第一城绿春是一个现代版的诺玛美哈尼之城，哈尼族人的文化圣地。蓝天白云下，有鳞次栉比的建筑以及小桥流水、绿树小花，井然有序的街道小巷人来人往，地方民族特色显著，一切都透射出民族文化，人们的生活和谐、安详、幸福。城外青山绿水，林间开着缤纷的花朵，鸟语花香、溪水常流，绿树掩映的山寨中鸡犬相闻，构成一幅美丽的画卷。

哈尼之城绿春

　　绿春素有"小春城""天然氧吧"之美誉。它在新中国成立前叫"六村"，后建县时依据其青山绿水的特点并寄予着春天般蓬勃发展的希冀而命名为"绿春"。

　　绿春，从元阳进来，穿过分水岭隧道，一头是元阳县，一头是绿春县城。但有冷雾天的时候，确乎从云中一头穿到了晴朗的绿春似的——进去时雾蒙蒙，出来就豁然开朗。当然，平常是苍翠山岗，一派南国景象，清爽的空气让人不愿离开这里——绿春是个好地方。

　　分水岭是元阳与绿春交界上的一个山冲，传说这里诞生了哈尼族农耕历法，是哈尼族人的"朝圣"之地。传说，聪慧美丽的哈尼族姑娘都玛简收游历四方，回到这里时把手中的芦苇拐杖插在路边，瞬间长成遮天蔽日的大树，后来，大树就成了哈尼族人的历法。从此，一个神奇动人的神话故事，一首唱不尽的叙事长诗——都玛简收酒歌就这样传唱开来。

　　从分水岭隧道出来，最先映入眼帘的是一座笔直的山梁，其上有鳞次栉比的房屋的地方就是绿春县城了，宛若一艘悠悠驶向远方的航母。绿春县城从东向西，只有一条十里的长街。

　　然而，如果你是个旅人，当你风尘仆仆，背着行囊，从分水岭下来第一次踏进绿春县城时，不免会感觉自己登上了远洋的客船，在陌生中会有许多的新喜。那古朴的哈尼族建筑、穿着民族服饰的人群以及街道两旁的民俗风情、村寨祭祀、农耕生产生活和自然风光等，一幅幅极具浓郁的传统文化艺术气息的壁画，让人眼前一亮。无可否认，这里确实是哈尼族人的家园——全国哈尼族人口比例最高的县，有浓厚的民族文化氛围。

　　从民族风情园开始，一路由东向西，走入一条十里文化长街，可沿街道两旁欣赏风景，也可到形形色色的商铺里购买自己心爱的小商品。街上穿着哈尼族多姿靓丽的服饰和讲地道的哈尼语的人特别多。

　　这座城市是名副其实的哈尼城，从民族风情园的落瓦村开始，坡头、牛洪、那俣果、阿俣那、暗玛普石、德表普石、窝托大寨、石哈兰约……每走百步就是一个村，每个村子就像一个部落，排列在街道的两边。进村还能体验民俗，享受风味独特的饮食（每村每日都有人家在搞民俗活动），这里"天天有节日，月月有喜庆"。

　　各村下面的山坡曾经是梯田，现已退耕，成为各式各样的经济林地。

　　而走在这十里长街上，还能欣赏到对面半山腰的风景。那里也是哈尼族寨子，似乎能听到寨子里的鸡狗和人的声音。在街上，不时会出现婀娜多姿的哈尼族少女，她们穿着多彩的服饰，戴着缨红垂肩的包头，青春靓丽。哈尼族"十月年"的长街古宴时，哈尼族人拿出美食，相邀四方宾朋，庆祝一年来的丰收，开始辞旧迎新、祝愿来年的好日子。这里的长街古宴，已荣获了"天下最长宴席"的称号，成为

哈尼族人的世界级名片，让全世界的人络绎不绝地来到这里，不论男女老幼，用汉语甚至几句简单的哈尼语愉快地与当地人交流着，投入长街古宴的热闹中，喝一口酒，舒舒筋，洗去满身的尘埃；尝一口美食，壮壮筋骨；吃一口百家饭，祈福禳灾，带来一生的安康与幸福。喝了，喝了，相逢与友情的酒；醉了，醉了，友谊和亲情！人们在街上起舞，在路边陶醉。这就是哈尼族的长街古宴。

从城东走到城西，一路走来你会慢慢发现，这里也有许多外地人，他们来经商，长期生活在这里，已融入绿春，享受着新鲜的空气和当地美味。

最令人忘不了的，还是街道上小饭馆里的蘸水。它既是蘸水，又是不可多得的一道佳肴，已是名扬四方了呢！

漫游绿春，领略哈尼族的民俗风情，绿春欢迎你！

山里娃

过去，山里娃很少有人读书，不是不想读，更多的是读不起，或者说在大人们的眼里，读书看不到希望，当务之急是厩里的耕牛每天要放。于是，山里娃的童年被拴在了牛尾上。日复一日，风雨无阻，山里娃每天在太阳出来时把牛赶到村外的山坡上，太阳落山时又把牛赶回村里。

山里娃，穿着一身破烂补丁的衣服，日光灼他炭黑的脸，他没有感觉，雨淋肌肤他也没感觉。他是牛的"跟屁虫"，一心跟随牛蹄印穿梭在草丛中，可怎么也跟不上牛的步伐，跟丢了时就像跟丢母亲的孩子，常常在荒野里哭泣。

山里娃，童年时骑在牛背上，让老牛悠悠地荡出村外，又荡回村中。

山里娃不想什么，也不能想什么，满山地乱跑，乡野就成了他的家；捉蜻蜓，掏鸟窝，摘野果，看蚂蚁，玩小虫……累了、困了就歇下来，听八方传来的虫声、鸟声，席地而卧。

山里娃啊，童年被搁浅在牛背上，梦里依旧披着破旧的蓑衣，跟在大人后面，识别那新旧的牛蹄印；贪玩时找不回走丢的牛，瑟缩着

半夜里突然哭喊着醒来——原来是一场梦。

山里娃追着山里那满枝头的野果，最拿手的是寻找鸟窝，把小鸟带回家喂养，做小雏鸟的全职"妈妈"。

山里娃单纯朴实，眼里的童话是牛、山鼠、小鸟以及甜美的野果世界。

如今，追梦的山里娃长大了，可一直没法走出童年时踩着的牛印和那熟识的乡音。那些欢呼跳跃的老瓦雀，还有画眉、布谷以及许多知名或不知名的小鸟、花果，甚至地名或人，都深深地烙印在脑海里，成为他们一生相依相伴的"乡愁"。

做人的态度

做人要有自己的态度，而且是诚实的态度。态度决定了人的命运，决定了人生的目标、走向和成败。诚实是发自内心的，不是装出来的。要有诚实做事的态度、诚实待人的态度、诚实对待生命的态度、诚实生活的态度……诚实不需要谁来指使，也不需要谁的赞许和认可，而是一切出自内心的善良，不追求回报，只要认定事可为便自觉自为。

一个人活着应该有价值，对社会有益，不能只顾自己。生活中有的人过去不诚实，后来却诚实了；有的人过去不诚实，后来却诚实了。

人是没有贵贱高低之分的，只有会不会做人的问题。人也有能力大小、富与贫的差别。做人诚实与否及是否端正、踏实、坚定、善良和努力，会决定人一生的成败。种瓜得瓜，种豆得豆，诚实和努力总会有好的回报。

不能以物质的多少来衡量人一生的成败或幸福，只要不是不义之财，功名利禄，一切随意。

一个人的价值不在于付出、拥有或者给予多少，而是在于要有一颗可敬可贵、善良厚道的诚实的心。

然而，诚实也会带来一些苦恼。生活和工作中，常使我陷入一种诚心而为却无力为之的烦恼。譬如，村里要铺路以及亲戚和邻里们建房，向我求取水泥物资。我知道，虽说我在外面工作，但仍是村里的孩子，他们向我求助是应该的，可我却为自己无力帮助而苦恼。我确实在心里想帮助大家，可能力不足，这是莫大的烦恼和忧愁。

　　唯有用感恩的心，诚实做人，真诚以待。

　　现实中人的能力、条件不同，只要有心就行，对待一切，贵在真诚。

昨夜的梦

下半夜做了一个奇怪的梦，梦见了老家寨脚下那棵时常去打核仁的老核桃树。

其实，那棵老核桃树早已经枯死了近二十年，就连尸骸也不知去向了。老核桃树原是长在灌溉梯田的那条老水沟旁，水沟的墙体很高，有十多米，上面是村子，有几户人家住着。

昨日梦见从十多米高的墙体上架出了一座水泥桥搭在那老核桃树上，把老核桃树中央的枝干全部砍平，铺成篮球场那么大的水泥地，上面有两家人种菜、办饭馆，周围没有被砍掉的枝干，被油烟熏得枯黄，人在上面，整个树身摇摇晃晃，我一下子被摇醒了……

做这样的梦，我不知道为什么，只知道一点，这不是现实，那老核桃树早已不存在了。现在，我的老家规洞新寨村旁边一片光秃秃的，半山腰上一到二三月份刮起风来很猛烈，让人感到非常害怕，有时房上的瓦片会随风飞下来，躲也躲不及。

回想起童年，有许多难以忘怀的事。那时寨子周围有许多古树，像一堵堵铜墙铁壁，挡风避雨、守护着寨子，生活在寨子里面让人感到非常踏实和惬意。最有趣的是，在古树的枝丫上忙碌的鸟儿们发出叽叽喳喳的叫声，一片祥和、自然。特别是喜鹊，它们长年在古树上做窝，在晴朗的天空里，不时在树枝上跳上跳下。偶尔，远道而来的鸟栖息在高高的老树的枯枝上，发出惊人的鸣叫。如果它不叫，谁也不会留意到它；它一叫，全村人都知道了，我们这些小孩，兴奋得奔走相告。

这些古树中就有那棵老核桃树。与这棵老核桃树一起的还有"咚欧"和"们堪"（都是哈尼语的核桃树名）。这三棵老核桃树是全村人的共有财产，谁也不能公开上树去打核桃，有时小孩们偷偷用石头或木棍掷，除此之外则必须待到瓜熟蒂落才可以捡拾自然落下来的，一直到整个树上的核桃掉完为止。

那时候农村只有芭蕉、梨和核桃，但也不多，全村也不过三四棵罢了。妇女们走访亲友时，在小背篓里随便装上几串芭蕉或梨什么的，就算是礼品了。拾核桃是小孩最高兴的事。那时候，每年七八月份核桃成熟的季节，不管刮风下雨，我们都在每天凌晨五六点钟起来，约几个伙伴，打着火把到村子边那三棵老核桃树下拾核桃。我们一遍遍地仔细翻着草丛下，不敢放过每一个角落。刮风下雨天核桃掉得比平常多一些，而我们把每天拾回来的核桃装在竹篾篮里，吊在火塘上方烘干，平时不敢享用，留着过年过节或走亲访友的时候备用。

离开老家已经二十多年了，我不知道老核桃树是怎么死去的，我只知道老核桃树还有那些村边的古树早已不在了，只知道它们曾经生长的地方，现在都盖起了房子。

山坡地里的百灵鸟

居住在绿春县平河乡一带的哈尼族人，每年的农闲季节，男人们大多出去搞副业了，只留下女人们守在家里。女人们在家里的主要任务就是打理家务、备耕——上山砍柴或翻翻自家的地。男人们出去了，一家子的活儿全揽给了女人们，她们相互帮忙，今天干我家的活儿，明天干你家的活儿，虽然劳累了一些，但像一窝热闹的雀儿，总是有朗朗的笑声和热情的歌声不时从山坡上传来或者飘荡在山谷里。

若是外乡来的人，走在乡间的路上，便会听到一串串银铃般的笑声和那绵绵的情歌。你会看到一群身着民族服装的哈尼族女子，她们正有说有笑地挖地或者正围在一起吃午饭。听到她们那甜美的笑声，不论你是中年人还是年轻人，都会深受感染。

姑娘、媳妇们常聚在一起，把劳动当作一件快乐的事，干起活儿来很带劲儿。她们早出晚归，每天出工都要包一些冷饭，包的大多是糯米饭、腌酸菜之类，每到下午三四点钟就随便填填肚子。饭后，劳动的场地自然成了她们消遣的地方。她们一面休息，一面说些笑话、哼情歌。若看见路过的小伙子们，便唱道："过路的阿哥啊，赶路急急忙忙，想到什么地方？歇下脚来跟阿妹唱支山歌吧！。"

她们就这样把劳动和生活融在一起，把淳朴的乡村作为生活的天堂，把家园打理得井井有条。她们是幸福的，有歌、有笑、有自己的梦想。她们日出而作，日落而息，今天上山，明天下河，去挖你家地，去背她家的柴，整日把家园打理得美好又祥和，不让出远门的男子们有丝毫的担心。

我的伤感

　　我从小便失去了父亲，母亲改嫁后又被抛弃，心灵的创伤与生活的压力更加重了。穷人的孩子早当家，簸糠筛米、柴米油盐、做饭、缝补、犁田耙地、扛木梁、呵护家人、寻人办事……生活的磨难让我早早品尝了人生的艰辛。心酸的命运让我怨恨、孤独和忧伤，性格内向。然而命运也教会了我坚强和进取，男儿当自强。

　　我的人生经历告诉我：人要坚强，更要努力，不能落伍。更让我清醒地认识到：人穷被人欺。所以，我要加倍努力。

　　我一直在努力着，寻找一条走出贫穷的路。我耳边一直回响着父亲临终时的那句话："儿啊，你要好好读书，怎么也不能辍学……"他怕我停下学业，因为我排行老大，有三个弟弟和妹妹。这样的家境，读书对我来说是一种奢望，何况在那个饥寒不保的年代。可父亲临终时嘱咐，让我一定要把书读下去，不读书就没有出路。这让我突然间明白，此时可怜、脆弱的父亲对儿女的难舍、期盼、无助与无奈，这让我一辈子也不能忘记。如今，我已走出了山门，也成了家，有了女儿，总算可以告慰九泉下的父亲。愿父亲安息！

　　我无奈地将小弟小妹都托付给了外公外婆，艰难地走上了求学的

路，边走读边兼顾家里的生活。然而，好多次因为交不起每月的伙食费而上不了学，我挣扎在辍学的边缘，一个人常躲在墙脚里，面对着山那边夜色中灯火通明的学校，泪眼汪汪地暗自哭泣。我那慈祥的外婆看在心里，为我难过，她暗中为我解忧，筹措了一些费用，我才得以继续求学。可是家中还有吃不饱的小弟小妹，每月的伙食得省下一半来，带回家给他们充饥。正长身体的我当时是个面黄肌瘦且多病的少年，我常常从梦中饿醒，一年只穿一套带补丁的外衣，洗漱时不得不到很远的河边去，光着身子躲藏在草丛中，等待日落晒干了衣服才能回校。破漏的茅屋、穷苦的家境、弟妹的哭诉、别人的冷眼、同伴的欺负、遇事的无助，我在生活与学业的艰辛中熬到了高中毕业。

高中毕业后，我不得不回家务农了，我的外公动员我讨个媳妇，支撑这个家。可我忘不了父亲临终时的嘱咐，我要走出这个大山。我一面敷衍着外公，一面自己加紧复习以参加招工考试，盼望着能吃上"皇粮"。于是，不论我白天干农活儿、休息还是走路，书从不离身，一有时间就看，连晚上都不敢跟同伴去玩，而是挑灯夜读。最终，我如愿以偿。

我知道，知识能改变命运，知识就是力量。后来，看书学习慢慢成了我的一种习惯。我知道自己才疏学浅，虽说高中毕业后参加了工作，但我争取到州民族干校（中专）、省民族学院、省委党校学习深造，提高自身素养和能力。从一般干部到科级干部，从不会说汉语到搞文学创作，这一切都源自我的努力。

我一直努力着，生怕懈怠而不及别人，带来日后的困难。一个人要有忧患意识，平时努力才不会被一时的困难所击倒。然而，我经常感到忧伤，我所付出的努力未能得到家人的理解和支持，世间最大的痛苦莫过于此。我不知道我的人生是成功还是失败，但为了在社会中能有自己的一席之地，尽管许多时候亲人不理解，我仍会坚持向前走，我希望家人能过上好日子。

为了这样的愿望，从多年前办水果基地到搞鹅场鸡场、办画廊，我从不嫌弃脏累，汗流浃背地干着。我拿自己微薄的工资做这些事，想带动家里的亲人脱贫致富，但他们既不肯坚持又不肯努力，点点滴滴的事都是我操心。我告诉大家再坚持一下，多些理解和支持，总会有成功的时候。

家和万事兴！团结是一个家、一个民族、一个国家存在与发展的必要条件。我总是猜想，人与人之间因为文化差异、年龄的差异或性格的差异，有时无法沟通，彼此理解和支持很难。我想，只有彼此尊重、理解和支持，才能有家的温馨、幸福与兴旺。

"众"

"众"是一种力，且力量惊人。俗话说，一根筷子容易断，十根筷子抱成团；众人划桨开大船。

众人一句，无论好与坏，必然会形成一股巨大的力量。好则会引向成功，实现发展；坏则会带来失败，走向灭亡。

众口铄金，人言可畏，可见"众"的力量。我们在日常生活和工作中要特别注意言行，不可轻言轻随，更不可信口胡说，鹦鹉学舌。

要说，就明事理、辨是非、负责任、大胆地说。只要众人都能这样能说能扛，肯定会带来成功和发展。这就是人心齐的问题。一个篱笆三个桩，世上无难事，只要团结，万事可期。

"听话"是福

生为人子，要听从父母的合理意见，这是美德，是福气。

在社会中，每个人都扮演着许许多多的角色，如为人子、学生、职员、下属，耳边少不了各种意见，应认真听取。

为人子，听父母的话，健康成长，家庭和谐。然而，很多人却只会让父母操心，一事无成。作为学生，听老师的话，尊师重教，认真学习，成为社会的栋梁，是为正途。反之，不听老师教诲，贪玩厌学，则会虚度美好的时光，碌碌无为。在单位中，听从同事和领导的合理化建议，会少走弯路，赢得大家的支持、帮助和拥护，事业蒸蒸日上。听亲戚朋友的好心提醒，与大家友好相处，自然做事就容易多了。

听话并非盲从，而是会理智地判断、合理地吸取意见。总之，"听话"就是福。

绿春大礼堂

  绿春于1958年建县，之前属元阳、金平、红河、墨江四县辖区死角，因偏僻故很少与外界来往。

  之前，这里很少有砖瓦房，大多是低矮的茅屋。绿春大礼堂在一群矮房中突兀地立了起来，稳稳地耸立在县城中的山梁子上。它是第一座用青砖砌成的建筑，最初是革命委员会礼堂。绿春人在这里开会、做宣传、看演出、看电影……

  绿春大礼堂是绿春人的集体记忆——多少市井人生，多少情感，都被封存在这里。父母从这里叫回贪玩的孩子；一只只伸直了的手，在售票口挤来挤去，抢购着小小的电影票，情侣们带着幸福的微笑，演绎着精彩的人生故事。

  它是绿春的守望者、见证者，饱经沧桑，守护绿春的过往。它是绿春的厚度，过去与未来的中转站，诉说着绿春的故事。它活在一代代绿春人的记忆里，活在老电影院、老文工队队员们的人生中。那些熙熙攘攘的光阴，一拨来又一拨去，开会、演出、看电影的身影，已经飘远。或许，只能在县志的字里行间看到一丝过往。现在，这里连大礼堂废墟都没有了，原址建起了医院，大礼堂留给绿春人的，只有回忆。

酒

我不会喝酒，但有时为了应酬，也会喝酒，甚至有喝得烂醉的时候。

因为不胜酒力，更怕坏了身体，很多时候我想推辞不喝，但碍于情面，无奈之下只能硬着头皮喝了，但对我而言是过量的，所以身体一直不好。敬酒容易辞酒难，因为中国人太重情面。

我不知道古人是怎样发明酒的，也许是偶然吧！适当饮酒的确可驱寒、消除疲劳、促进血液循环等，可物极必反，贪杯反而伤身，甚至导致死亡，使得酒失去了应有的功效和意义。

酒是好是坏全在于饮酒者对酒的把握和利用。我想，古人发明酒，其初衷就是取五谷之精华用于祭祀或养生，但现代人仿佛过度解读了酒文化，一些人在酒桌上甚至将劝酒、喝酒当成了习俗，这就当真曲解了酒文化的意义了。

真正敬酒是心敬、敬人，不是玩酒。玩酒终归会被酒玩了的。

古今多少文人墨客也从酒中得到了灵感，李白酒后诗兴大发写下了不少脍炙人口的佳作；多少英雄男儿借酒高歌，横扫沙场。古人把酒赋诗，充满豪情壮志；煮酒论英雄更是历史佳话。生活中，亲朋好友聚在一起品酒闲聊、沟通感情或者修身养性，也是多么快意的事。这才是酒带给人的美好生活吧！

人　生

　　人生，说起来似乎很随意的一个词，听起来也再自然不过，想想却很有重量感，令人茫然。每个人的人生都不一样。

　　人生犹如画一幅画，画完之后才知道如何，走过了路才知道前方究竟怎样。不管走得好不好，唯有从头走到底才是人生。虽说前程未卜，但应努力奋斗，以积极的人生态度和淡泊的心态过好每一天，把握当下。

　　人生坎坷，前进的路上会遇到这样那样的波折，这就是人生。人生必然要学会苦中作乐，淡然面对一切。因为，人生的一面是甜的，一面是苦的。我们在甘苦之间，努力奋斗着，以创造美好幸福的人生。

　　我原本是个孤儿，幼时生活穷困，更不要说念书了，但为了有好的生活，再苦再累仍坚持努力读书。所以，今天我才会有安稳的生活，不必起早贪黑地奔波。我庆幸自己能先苦后甜，有苦去甘来的好日子。

　　人生虽然由甘与苦组成，但谁都想获得幸福，有富裕、健康、和谐自由的生活。我想，幸福是汗水浇灌出来的，除生存发展的基本物质条件外，幸福就是一种精神上的满足感。幸福从不是物质上多么富有，而是内心的富足。一个人需要不断调整自己的心态，保持良好的心境。

　　乐观向上、奋斗进取才能有美好的人生，这是人生的真谛。

劳动美

劳动创造了人，也创造了财富。劳动最美！

我七八岁时就开始为家里分担一些家务了，大人们白天出工劳动，我就看家并提前煮好一锅饭。读书时有劳动课，放学回家或假期都跟家人参加劳动，甚至于参加工作了在自己的居所里也常放一把锄头。我曾创办过水果基地、养鹅基地，办过画廊等，一直在进行各种形式的劳动。

劳动可分为两种，一种叫体力劳动，另一种叫脑力劳动。劳动是人存在的依据，劳动塑造了人。"人"字是由一撇、一捺两笔写成，一笔代表肉体，一笔代表精神，缺一不可。

人类的进化和文明的产生都是劳动的结果。然而，现实中的"劳动"一词，似乎听起来偏指体力劳动，所以有许多人不想劳动、不愿做事，衣来伸手、饭来张口。

其实，劳动是一种创造。劳动不分大小、不分高低贵贱，只要有利于身心健康以及生活，有利于社会的发展，都是一种劳动。

劳动也是一种享受。劳动最大的好处就是能够锻炼身心。热爱劳动、学会劳动是一件快乐又幸福的事。许多时候，劳动的快乐和幸福来自自己的心态，而不仅仅是物质收获，不在于得到了什么。从另一个角度说，劳动本身就是一种收获，也是一种修养。劳动会让人的身心得到锻炼，于人于己都有好处。

人的一生是劳动的过程，创造财富的过程。劳动创造了财富，但与财富没有直接的联系。因为，劳动是生命存在的体现，是生命的价值。我们的一生要在劳动中度过，劳动是我们的本能，更是我们的需要。我们要把劳动看成常态，当作一件快乐幸福的事，这样就不会觉得累。

劳动最光荣，劳动最伟大。我们要学会劳动，热爱劳动。

想回农村做点事

　　春去秋来冬又至，不知不觉一年的时光过去了。我突然意识到时光的飞逝——我到县人大工作的第一个年头，时间仿佛匆忙间就过去了。年轻的时光美妙多彩，而今人到中年，不由生出一些茫然，感到时光的流逝。

　　生命只有一次，而且短暂，我常困于每天的琐事，但又不甘心。于是，我做过许多小事，如创办绿春第一个民间文学社团（野竹文学社）、第一个县外校园文学社（云南民族大学绿春预科班山根文学社），还创办过艺术加工画廊、水果基地……总之，我不甘于寂寞，无论成功与否，都尽力做了一些事。

　　我还向组织申请回农村带薪办产业，一是由于本人在工作、学习之余热切关注农村的发展，并注重学习和掌握农业科学技术、知识和信息；二是我具有一定的业务能力，农村需要我；三是我人到中年，回农村既可发挥自己的作用，创造新的社会价值，同时还可留出岗位让年轻人发挥所长，减轻就业压力；四是规洞新寨村大片良田实行退耕还林后一直处于半荒半耕状态，十分可惜，要利用这广阔的土地资源发展养殖业，带动农民致富，推动农村经济的发展。

我是农民的儿子，为农民做事是我的本分！

这让我想起了小时候在农村生活的点点滴滴。记得我十一二岁时就开始在生产队里挣工分了，因为父亲去世早，家里只有母亲一人挣工分。那时全劳力男子一天得八九分，女子得六七分，而我因年纪小，一天也就只给半分。起初，我扛着个大铁锄跟随大人们一起去挖地，可没挖几锄就吃力了，挖进土里的锄很难拉起来，时时落在别人的后头。生产队长看着我可怜，就让我给大伙跑腿干活儿，到涧沟给大伙取水解渴，或到工地边取放东西等，拣些轻快活儿做。

那时我重活儿是干不了的，我放过生产队的牛，犁过生产队的田，背过生产队的玉米、稻谷，卖过木材……农村生活的辛酸哀乐都成了我人生的一部分，成为我的回忆，甚至是情感的寄托。痛苦教会了我自强、自信和勇敢追梦。

遗憾的是，回乡办产业的想法最终未能如愿。

我再也回不到农村去了，我是故乡的游子，那生我养我的故土，离我渐渐远去。

雨

夏天的雨说来就来，忽一阵沙沙下，又忽然收住了阵脚，霎时露出光灿灿的太阳。路边小草、树木都像洗过了一般，精神抖擞，湿润润的，发着明晃晃的银亮。

雨是离开了大地的水，是水前世今生的轮回。因为诺言，水到天上化成云；因为爱，水又变成雨落在大地上。

因为水，哈尼族人引出了沟，垦出了田，一生的情与水相连，一世的爱与田相关。

每年，一到干旱，爷爷夜里便守在我家的田角边，灌溉那几丘饥瘦的田。邻里也在灰暗的月光下打着手电筒引水浇田。他们顾不上白天的劳累，忙忙碌碌，把一年的希望一次次引到田里。他们的一生与水、与田、与雨联系在一起。

若有一天，闷热的天空中突然传来一声响雷，守田的人便会呼天抢地地大喊："下雨了！下雨了！"

因为水，因为雨，哈尼族人将梯田作为生命的家园，每年都过"雷雨节"，期盼着来年风调雨顺、五谷丰登。

劳动的人们，总是对雨有殷殷期盼，有时盼雨盼得让人焦躁难

耐，似乎在考验人的诚心与勤苦。

雨是水、水是雨，滋润着生命万物，雨不落下来，种田人只能抬头望天、掐算指头，紧缩的眉头直到看见雨的那一刻才能松开。父辈们有事无事总爱聚在火塘边，讲着一些关于雨的故事，或无奈地唠叨："这天要旱到什么时候？！"

记得小时候外公常说："种田人靠天吃饭……"每每看到我们饭碗下掉着的饭粒，外婆会心疼地骂："不当家不知柴米贵，一粒饭是一滴汗换来的呢！"然后便一粒一粒地把饭粒拾到掌心里，去喂鸡。

现在是盛夏季节，外面正一阵晴、一阵雨，我在办公室端起茶杯想，这雨是不是大家盼来的，这该是农民的希望了！可我没有特别的心情，有时甚至会觉得雨下多了也不免讨厌。尤其是晒衣服时，下雨了去收起来，收了却晴了，拿去晒了却又下了起来，这反反复复的雨着实有些可恶。但我深知这雨是"雷雨节"之后下的，深知这雨对种田人意味着什么。

雨，还在下着！